함부로
말할 수
없 다

함부로 말할 수 없다
허영한 사진 에세이

초판 1쇄 발행 | 2017년 10월 23일

지은이 허영한
발행인 이대식

주간 이지형 **편집** 김화영 나은심 손성원
마케팅 배성진 **관리** 이영혜
디자인 모리스

주소 서울시 종로구 평창길 329(우편번호 03003)
문의전화 02-394-1037(편집) 02-394-1047(마케팅)
팩스 02-394-1029
홈페이지 www.saeumbook.co.kr
전자우편 saeum98@hanmail.net
블로그 blog.naver.com/saeumpub
페이스북 facebook.com/saeumbooks

발행처 (주)새움출판사
출판등록 1998년 8월 28일(제10-1633호)

함부로
말할 수
없 다

허영한
사진
에세이

새홍

이 책의 제목은 아무것도 단정할 수 없다는 사실만을 단정한다.
이것은 세상의 사소하고 불확실한 것들과의 관계에 대한 이야기
다. 존재하는 모든 사실과 현상의 불확실성. 그 속에는 모든 기억과
기억들이 촉발하는 행위들도 포함된다. 여기에는 언어로 함부로 말
할 수 없는 더 크고 복잡한 일들에 대해 좌고우면하다 그르쳐버린
것들에 대한 회의의 이야기가 가득하다. 나는 원래 함부로 말하지
않는다. 수시로 저지르는 말실수와는 다르다. 함부로 말하지 않는
성정의 첫 번째 인상은 진중한 것일 수 있지만, 모든 세대와 성향이
서로 적대적 관계인 지금은 오히려 회색주의로 보이기 십상이다. 나
는 말하지 않음으로써 얼마간의 인심을 얻었는지는 모르지만, 쉽게
말하는 사람들과의 관계에서 한 번도 그들을 이기거나 극복하지 못
했다. 그것으로 감당해야 할 대가도 적지 않았다.

말로 규정할 수 있어야 다음으로 나갈 길이 생기는 것이 정신세
계와 관계된 일들의 특성이라, 나는 말하지 못해서 쉽게 어디로 갈
수 없었던 적이 많았다. 지금 세상에 떠도는 말들은 명료하거나 이

름 붙여진 것들만 남고 회의와 주저함의 언어들은 소멸한 지 오래다. 그럼에도 나는 여전히 함부로 말하지 않는 단맛에 빠져 산다. 꽤 오래 사진을 찍어왔지만 직관적 메시지의 역할을 크게 기대하지 않는다. 특히 내 사진들은 어지간한 세상의 일들을 말하기에 유약하고 과언寡言해서, 한 마디 말이건 느낌이건 사진의 모양새로만 세상에 다가서는 것이 어렵다. 직관으로 세상을 응대했다고 그것이 꼭 직관의 말을 드러내지는 않는다. 나는 제대로 말하지 못하면서 관객은 뭔가 듣기를 마냥 바라고 들리지 않는 소리만을 허공에 뿌려대고 있었는지도 모른다. 어쨌든 많은 사진가들이 하지 않는 일임은 분명하다.

사진 속에는 그 모든 일들이 지금이었던 순간의 이야기로 가득차 있다. 그러나 사진이 찍히는 순간 사진 속의 모든 이야기가 결정된 것은 아니다. 물리적으로 정지된 그 순간 이후 지금까지의 이야기, 보는 사람 각자가 그 시간 동안 겪어온 세상과의 적대적이거나 우호적이었던 관계들에 의해 조금씩 다른 이야기들이 들어서는 자리가 있을 것이다. 그래서 함부로 말할 수 없는 것은 내 입으로 하는 말뿐 아니라 사진으로 보이는 모든 일에 해당되는 이야기다.

여기의 글 몇 편은 예전에 신문 등에 썼던 이야기를 썰고 버리고 지금의 말로 다시 채웠다. 그때의 나와 지금의 내가 다르듯이 말이 달라지는 것도 이유가 있다. 무엇보다 그사이에도 쉼 없이 시간이 흘러왔다. 단어는 탕진했고, 다음의 말을 위해서라도 사진을 또 찍어야 되겠다.

내가 무슨 소리를 내고 살았는지는 확실하지 않지만 지음知音과 귀인들, 그리고 놀아준 벗들 덕분으로 여기까지 왔다. 감사의 말로는 모자라다.

가을 남산 아래에서
허영한

서울, 2013

part 1

사람의 얼굴

사진이 증명하지 않는 것들

그는 내게 가장 가까이 있는 내 사진의 관객이었다. 사진하는 사람에게 그런 친구의 존재는 행복이다. 그는 내 사진을 늘 관심 있게 봐주고 좋아했다. 그 친구가 떠났다. 우리는 학교를 같이 다니지 않았으니 과거의 인연을 복기復棋하느라 시간 낭비할 필요가 없었고, 일로 맺어진 관계가 아니었으니 격식도 견제도 필요 없었다. 그는 고지식했으나 마음 통하는 친구들에게는 웃고 친절했다. 그럴듯한 직장을 20여 년 다니면서도 술 마시고 책 사보느라 연애도 결혼도 관심 없었던 그를 우리는 '독거노인'이라 놀렸다. 일도 공부도 같이 한 적 없이 우연히 노는 동네에서 알게 되어 10년 넘게 함께 밥 먹고 술 마시고 즐겁게 놀았다. 이 외아들 노총각은 병마의 기습을 받은 지 10개월여 만에 눈을 감았다. 그는 사회학을 전공하고 금융권 일을 했지만, 직업과는 하등의 관계가 없는 인문학을 즐겼고, 세상만사에 대한 지적 욕구를 충족하며 즐거워했다. 동서고금의 다양한 음악을 찾아 듣고 사회와 정치에 대한 유명 인사들의 글을 찾아 읽는 것을 좋아했다. 내 직장에서 나오는 신문을 나보다 더 열심히 읽었고, "온 국민이 사진작가인 양 한다"는 말로 돈 주고 사진 책 사볼 줄 모르는 풍토를 개탄했고, 사진 책들도 제법 사 모았다. "내가 사진은 모르지만, 네 사진에는 이런 게 있는 것 같더라"며 친구의 보잘것없는 세계에 관심과 존중을 표하고 칭찬하는 일을 아끼지 않았다.

마지막 문병에서 본 그의 얼굴은 그가 회복이 불가능한 상태이며 가까운 미래에 불행한 일이 있을 수 있다는 것을 짐작하게 했다. 나는 말 한 마디 할 기력도 없는 그에게 아무 말도 못 하고 그의 손만 꼭 잡아주었다. 팔순 노인의 얼굴을 눈에 담고 헤어졌다. 그리고 우리를 떠난 그를 그날 20대 청년의 사진으로 만났다. 내가 알지 못하는 앳된 젊은이가 액자 안에서 무표정하고 어색한 모습으로 앉아 있었다. '잠자리 안경'을 쓴 청년은 표정도 인상도 생략된 흑백 사진 속에 있었다. 입사원서에 썼을 법한 증명사진이었다. 직장 인사 전산망에 등록된 사진 파일을 받아 확대를 거듭해서 뽑았을 그의 영정 사진은 흐릿한 윤곽으로 그를 말했으나 그의 존재를 증명하지는 못했다. 사진이 찍혔을 그때 청춘의 막연하고 불확실했던 어느 순간 그가 느꼈을 두려움만이 희미하게 남아 있었다. 조문객들은 고객 신분증을 앞에 둔 은행 창구 직원들처럼 오래된 그 사진에서 그와 닮은 점을 찾기 위해 애썼다. 증명사진은 이제 그가 없다는 것, 다시 말해 그의 부재 증명에만 간신히 성공하고 있었다.

그와 술 마시고 놀면서 맞은 새벽이 한두 번이 아니었고, 가지고 다니던 카메라로 내가 찍어 놓은 그의 사진이 한두 장이 아니었다. 그와 함께 술 먹고 허허실실 놀았던 친구들은 그가 죽다 겨우 살아나서 또 고지식하고 박식한 세상사 이야기를 떠벌여줄 것이라 막연히 기대했었다. 나는 그동안 찍었던 그의 사진을 한 장도 전해주지 못했다. 사진들을 만들어 쥐어줄 사람이 없어지기 전에 사진을 주지 못한 것이 미안했다. 술김에 찍었던 그 사진 속 친구는 추운 새벽 코트 깃을 여미며 입술에 비스듬히 '생담배'를 걸치듯 문 채 두툼한 입술로만 웃고 있었다. 그의 존재는 물론 냉소와 낙천이 뒤섞인 성격까지 드러나 보이는 그 사진이 나는 좋다. 술 취한 대상을 가장 적절히 표현하는 방법은 함께 취하는 것일지도 모른다.

사진에 관심도 의욕도 많은 어떤 후배는 기회 있을 때마다 나에게 "간절히 찍고 싶었지만 찍지 못한 사진이 있는가" 묻곤 한다. 나는 그때마다 "없다"고 잘라 말하지만, 30년 가까이 사진을 한 사람에게 그런 순간이 없다는 것을 그는 믿지 않는다. 그는 일하는 것도 사진 찍는 것도 늘 성실하지만, 사진을 인생에 있어 이루어야 될 중요한 목표 중 하나로 생각한다. 그런 사진 애호가들이 많다. 그 덕에 카메라가 팔리고 끊임없이 새로운 기종들이 쏟아져 나오는지도 모르겠다. 나는 "좋은 사진을 찍고 싶다면, 사진 찍는 일에만 안달하지 말고 지금까지 찍어놓은 사진들을 찬찬히 들여다보라"고 이야기한다. 그 속에 사진 찍는 순간 미처 깨닫지 못한 이야기들이 숨어 있을 것이고, 자기 이야기마저 읽어내지 못하는 사진은 쌓여서 쓰레기밖에 안 될 것이다. 물론 내가 찍고 싶었지만 찍지 못한 사진이 없다는 것은 거짓말이다. 사진하는 많은 사람들이 찍지 못한 사진에 대한 안타까움이 있을 것이다. 그러나 카메라라는 도구를 써서 기록했지만 기억에서 사라지고 데이터라는 기계적 형식으로만 남은 순간들은 찍지 못한 사진들에 비해 무엇이 우월한가. 찍고 싶었으나 찍지 못했던 사진에 대한 아쉬움보다는 잡고 싶었으나 잡지 못한 친구, 주고 싶었으나 주지 못한 사진에 대한 회한이 더 크다.

친구를 보낸 몇 달 뒤, 골라놓았던 친구의 사진들을 프린트해서 다른 친구들이 부모님을 뵈러 가는 편에 전했다. 사진을 전해드린 친구의 말에 따르면, 부모님이 "집에서는 무뚝뚝하던 놈이 밖에서는 환하게 웃기도 한다"며 쓸쓸히 웃으셨다 한다. 나는 가장 밝게 웃는 친구의 사진을 프린트하기 전 그가 물고 있었던 담배를 포토샵으로 지웠다. 건강을 잃어 먼저 간 자식의 부모가 볼 사진이었기 때문이다. 그런 사진에 사실을 들먹일 일도 아니었다. 어차피 사진 속 그의 존재는 그의 부재를 말해줄 뿐이었다. 그 사진이 증명할 수 있는 것은 그의 존재도, 부재도 아닌, 그 사이 어디쯤이었다.

서울, 2012

그와 단 한번 밤새 술을 마신 적이 있다.
아침 귀갓길에서 지난밤 취객의 토사물로 아침을 해결하는
비둘기들과 이른 출근길 사람들을 만났다.

카네이션과 초코파이

그해 어버이날 아침, 나는 남도의 방파제에 서 있었다.

파도가 넘지 못하는 방파제 아래 바다에는 서로에게 닿지 못한 어린이날과 어버이날이 떠다니고 있었다. 잃어버린 부모를 찾는 애탄 부르짖음의 카네이션과 수학여행에서 돌아오지 못한 아이를 부르는 부모의 피눈물 같은 빨간 포장의 초코파이가 엉겨 방파제에 부딪혔다. 그 모습이 상징하고 연상시키는 바는 많았지만, 나는 그것을 몇 장의 사진으로 찍다가 카메라를 내려놓았다. 먼저 와 있던 후배에게 담배 한 대 얻어 피웠다. 괴로웠지만 담배는 담배의 맛으로 달았다. 중천의 해는 열심히 남쪽으로 달리고 있었고 스님의 독경 소리는 비닐 지붕 펄럭이는 소리와 섞였다. 제단에 놓인 카네이션 화분에는 '어머니 어디 계세요'라고 쓰인 작은 리본이 흔들렸다. 한 달 가까이 되니 소음은 가라앉고 대부분 말을 아끼고 있었다. 나는 뒤늦게 그곳에 갔다. 지나간 소란은 직접 보지 못했지만, 남아 있는 정적에 온갖 소란의 흔적이 배어 있었다.

고통스러운 기다림 끝에 아이를 찾게 되어 팽목항을 떠나는 부부의 뒷모습은 억장을 무너지게 했다. 학생의 아버지는 도와준 자원봉사자들에게 감사의 악수를 한 뒤 무너질 듯한 부인의 팔을 잡아 부축하고 뙤약볕 아래를 걸어갔다. 손에는 옷가지를 담은 종이백 하나가 달랑 들려 있었다. 아직 돌아오지 못한 교사의 노모는 부둣가에 앉아 하염없이 바다를 바라보고 있었다. 먼저 와 있던 사진기자들은 침묵 속에서 근근이 카메라를 들었다. 그들도 깊이 상처받고 있었다. 인간적 괴로움은 물론이고 사진이 어찌하지 못하는 너무 많은 것으로부터의 절망은 깊었다. 그것이 이 길을 택한 사람들의 운명처럼 돼버렸다는 사실은 모두 잘 알고 있었지만, 알고도 견디기 어려운 일들은 도처에 가득했다.

언론이 싸잡아 비난당할 때마다 사진기자들은 적대敵對의 최전선에서 화살을 받아왔다. 카메라는 기자라는 직업을 상징하는 대표적 착의着衣이기 때문이다. 언론이 제 역할을 못할 때 대중은 언론을 불신하지만, 큰 사건의 격동 앞에서는 비난뿐 아니라 물리적인 공격의 대상이 되기도 한다. 그 표적의 중심이 사진기자들의 자리다. 일의 무게와 이런 것들을 함께 견뎌야 하는 것이 때로는 살벌하고 혹독하지만 견디는 것도 일이 되었다. 뒤늦게 도착한 나는 자원봉사자들이 차려준 밥상에 코를 박고 차에 기름 넣듯이 밥을 먹었다. 먼저 와 있던 후배들의 얼굴 보는 일이 눈물겨웠다.

사진기자들은 혼란의 한가운데서 무방비로 견뎌야 했다. 참혹한 사실 앞에 사람들은 이성을 지키고 사리를 판단할 여유가 없어진다. 상식은 상식적인 일들로 채워진 장소와 시간에 통하는 것이다. 그것이 누구였건 분노한 사람들 앞에 가장 가까이 눈에 띄는 표적은 카메라를 든 사람들이었다. 누군가는 절규라도 하면서 견뎌야 했고, 누군가는 그 절규를 받는 자리에서 견뎌야 했다. 나도 짧지 않은 기자 생활 동안 종종 그들 중 한 명이었다.

언론이 한 이름으로 비난받는 것은 억울하지만 불신에는 이유가 있었다. 언론은 대중의 관심을 받아야 되고, 그래야 이윤이 따라온다는 믿음에 대한 집착은 검증 절차에 필요한 최소한의 기본마저 건너뛰게 했다. 과당경쟁은 정보의 공급과잉을 초래했다. 디지털 문명은 정보의 생산과 배포를 너무 쉽게, 그 방법도 너무 다양하게 만들어주었다. 직업의 윤리와 정신은 구석기시대의 일이 되었다. 정보의 양적 팽창은 생각의 시간과 맞바꿔진 것이다. 시각 이미지의 공급과잉도 같은 이유에서 비롯되었다. 현대 매체에서 필요한 것은 한 장의 깊이 있는 메시지로서의 사진이 아니라 현장에서 벌어지는 모든 장면의 치열한 기록이다. 사람들이 실시간으로 퍼뜨리는 확인되지 않은 정보 더미와도 경쟁해야 된다는 조급함, 기사의 취지에 부합하는 장면의 필요성, 다른 회사에서 가진 사진은 우리도 가져야 된다는 관성들이 현장의 기자들을 앞뒤 돌아보지 못하게 했다. 합리와 상식이 실종된 것은 현장뿐만이 아니었다. 우리 사회는 다양한 목소리들의 다름을 인정하지 않은 지 오래됐고, 과당경쟁과 대립의 악순환은 끝이 보이지 않았다.

　말과 글로 퍼뜨려지는 것들은 더했다. 난립이라 말할 정도로 수많아진 매체의 숙련되지 않은 의욕들은 대상을 생각하는 자세를 갖추지 못하고 현장에 투입되었다. 현장이라도 가본 사람들은 나름의 생각이 있을 것이었으나 수도 서울의 사무실에 앉아 허공에 떠도는 말들을 손가락으로 주워 담아 퍼뜨리는 일로 밥을 버는 사람들은 스스로 하는 일의 헛됨을 알지 못했다. 방송과 신문, 인터넷할 것 없이 기본을 알지 못한 기자들은 저돌적 취재 방식의 결과물을 높이 평가하는 풍토에 휘둘리고 있다. 확인되지 않고 퍼뜨려지고 사태를 악화시키는 무분별한 말들을 살포하는 행태가 불러오는 재앙도 컸다. 그것이 일부 자격 없는 기자들과 매체의 과실過失이라고 해도 언론은 한 이름으로 비난받을 수밖에 없었다. 사람을 부리는 이들이나 부려지는 사람들이나 늘 크고 작은 궁지에 몰려 살아가야 하는 시절이다. 이런 사고에서뿐 아니라 늘 벌어지는 그런 방식의 경쟁은 크고 작은 재앙을 초래한다. 크고 작은 사고와 사건들이 일어나지만, 사람들이나 그것들을 전하는 언론 모두 처음 가는 캄캄한 길이다.

대중이 글을 읽지 않고, 넘쳐나는 것은 이미지뿐인 '비주얼' 시대에 정작 이미지의 생산자와 그 본질은 시궁창에 처박힌 지 오래다. 언론뿐 아니라 산업 전반에 걸쳐 시각정보, 특히 사진은 중요해졌지만 정작 그 가치는 안중에도 없다. 불황 속의 사업주들은 더 이상 사진 따위에 돈 들이는 것을 아까워하고, 대중은 만방에 돌아다니는 창작물들을 공짜라 생각하고 있다. 유용하게 쓸 뿐 아니라 종종 유린한다. 그런데도 이미지는 점점 과잉 공급되는 현실이다. 수요자들은 그 언어적 표현보다는 설명적 장면이나 아름다움만을 도구로 취하려 한다. 사진 찍는 사람은 무분별하더라도 더 많은 이미지를 생산해야 하는 기능인으로 바뀌어간다. 이제 무엇을 어떻게 주시해야 되는가 하는 것은 쓸모없는 고민에 불과하다. 속보와 다양성 경쟁에서 사진가들은 휴대폰을 이기지 못한다. 넘치는 장면들이 이야기를 이긴 지 오래됐다. 고유한 이야기는 사람들의 관심 밖 일이 되었다.

사진기자 혹은 보도 사진가들의 미래는 그런 이유로 막막하다. 현재가 이미 참담하다. 아니 보도사진의 역할 자체를 말할 수 없어진 지 오래됐다. 사진이 가졌던 신뢰와 장점도 무너지거나 변화할 것이다. 이러한 걱정거리들은 사진 종사자뿐 아니라 언론 산업의 존재 형태에도 큰 영향을 미칠 것이다. 급변한다는 것 외에는 아무것도 확실한 것이 없는 정보의 유통과 소비 방식에 대해서는 이미 많은 사람들과 언론기관들이 사활을 걸고 연구하고 있다. 기존 언론들도 인터넷을 중심으로 다각적인 변화를 시도하고 있다. 그러나 오래된 언론기관에서 오래 일한 사람들이 주도하는 구태와 경쟁의 관습을 버리지 못하고 종이에 그려지던 것들을 컴퓨터 화면으로 옮긴다고 달라질 것은 없다. 그곳에 길이 있을 것이라는 기대와 작은 길이라도 있기를 바라는 절박함을 가지고 매달리겠지만, 버리지 못하고 새로운 것을 쥐려는 노력은 더디거나 부질없을 것이다.

이런 변화의 중심에서 사진의 양적 비중은 점점 커지고 있다. 그러나 사진의 독자성이 얼마나 존중받고 깊이 있는 정보 생산에 기여할 수 있을지는 장담할 수 없다. 인터넷과 핸드폰 화면의 사진들은 대부분 글의 액자로 쓰이기 위해 오려지고 잘라지고 짜깁기될 뿐이다. '사진이 무조건, 제일 중요하다'는, 주로 사진의 외부인들이 하는 공허한 말들 이후의 이야기들을 할 수 있는 이들은 몇이나 될까. 그것은 사진가들만의 노력으로는 닿지 않는 곳에 있다. 사진가들도 이제 사진으로 할 수 있는 일을 해야 한다. 말을 따라가고 선입견들이 만들어낸 결론의 도구가 되는 길을 벗어나야 한다. 경영자들은 사진의 말을 존중하고 사진가는 사진으로 말할 수 있도록해야 한다. '우주의 얕은 꿀팁' 같은 장난거리에 부합하는 사진들로푼돈이라도 벌 수 있는 날이 얼마나 될지 알 수 없다. 그렇다고 후배들에게 회사를 뛰쳐나가라고 말할 수도 없으니 난감하다.

진도는 기자로서의 내 마지막 출장지였다.

전남 진도, 2014

파도가 넘지 못하는 방파제 아래 바다에는 서로에게 닿지 못한 어린이날과
어버이날이 떠다니고 있었다. 잃어버린 부모를 찾는 애탄 부르짖음의 카네이션과
수학여행에서 돌아오지 못한 아이를 부르는 부모의 피눈물 같은
빨간 포장의 초코파이가 엉켜 방파제에 부딪혔다.

친구와 간첩

내 오래된 친구 중 한 명은 지난 세기의 단어인 간첩단의 일원으로 잡혀가고 징역을 살았다. 내 대학 친구나 선배들 중에 군사정권 시절 체제 전복 세력의 일원이라는 혐의로, 혹은 집시법 위반으로 '그곳'에 다녀온 이들이 없는 것은 아니지만, 그 친구는 21세기가 훤히 밝은 날에 간첩이라는 이름으로 실형을 선고 받고 복역했다. 사건의 실상과 배후에 대해서는 지금 내가 말할 일이 아니다. 나는 친구인 그와의 관계를 이야기할 것이다.

당시 어느 정당의 일을 하고 있던 그는 잡혀가기 전날에도 국정원 정문 앞에서 동료 예닐곱 명과 함께 시위를 하고 있었다. 수사당국에서 조직의 일부 인사들을 간첩단이란 이름으로 체포한 것에 대한 항의였다. 나는 회사의 지시를 받고 그것을 취재하러 갔다. 그는 마이크를 잡고 수사당국과 정부를 성토하고 있었다. 운전기사가 그의 등 뒤에까지 차를 갖다 대주는 친절을 베풀어 내가 차에서 내리는 순간 모든 사람들이 나를 싸늘한 눈초리로 쳐다보는 가운데 그는 내가 다니는 회사를 포함해서 언론사들을 함께 성토하고 있었다. 종종 우리는 재미있는 순간에 조우했다. 업무상 필요한 일을 어느 정도 한 뒤 나는 마이크를 잡고 연설을 하고 있는 그의 사진을 몇 장 찍었다. 기념으로 보내줘야겠다 싶었다. 그리고 연설을 끝낸 그와 나는 반갑게 악수하고 근황 이야기를 주고받으며 낄낄대고 잠시 놀았다. 또 "조만간 소주 한잔 하자"는 일상적 인사에 지나지 않는 약속을 하고 헤어졌다. 그때까지 그는 수사의 표적이 되고 있는 것을 실감하지 못했던 모양이다. 나는 사건의 개요조차도 몰랐다.

대학 시절 그는 학교 전공 공부를 제외한 매사에 열정적이고 똑똑했다. 그는 입학하자마자 운동권 학생이 되었고, 속칭 '빨갱이'로 불리었다. 대학 신입생이 공산주의 사상에 물들었으면 얼마나 들었겠는가. 그때는 책 몇 권 읽고 선배들 따라다니고 데모 몇 번 하면 친구들끼리도 반 장난으로 서로 빨갱이라 부르고 놀 자격이 생겼다. 치열하게 시대를 고민하고 몸으로 보여주겠다는 사람들이 적지 않았으나, 소수 일각에서 '빨갱이'는 장난이고 패션이기도 했다. 그러나 그는 일반적으로 장난 반 분위기 반으로 따라다니는 아이들과는 많이 달랐다. 해박한 지식과 투철한 확신에 더불어 그는 몸으로 그의 사상과 신념을 보여주었다. 종종 그는 가투(가두투쟁, 거리시위) 현장에서 잡혀갔다 나오기도 했다. 아무 일도 없었다는 듯 그는 늘 바쁘게 학교 운동장을 가로질러 어디론가 가곤 했다. 나는 그의 우직하고 진심 어린 자세를 신뢰하게 되었다. 말로만 나라를 구하고 역사를 바로잡느라 바쁜 누구들과는 달랐다. 그의 주장과 신념은 내용이 아니라 자세로서 신뢰가 갔다. 크게 얽힌 인연이 없었음에도 우리는 부담 없이 가까웠다. 이후로 십수 년 동안 세월은 각기 따로 흐르면서 그와 나는 다시 별 인연 없이 각자의 시간을 걸어왔다. 이후로도 신념이라고 생각하고 살았던 것들을 버리지 않고 우직하게 그 길에 남아 있는 친구는 그가 유일했다. 세상의 가치와 이념의 생태가 변하긴 했지만 나는 인간적으로 그를 계속 신뢰했고, 가까이 지낼 기회도 이유도 없었지만 늘 그의 진지한 신념을 안타깝게 응원하며 살았다.

살아온 길과 살아갈 길이 달라도 우리는 만날 때마다 엊그제 보았던 사이처럼 반갑게 만나고 헤어질 수 있었다. 서로 기대하는 것은 없지만 서로의 삶을 존중하고 믿는 사이였으니까. 생각보다 간첩단 사건은 신문에 크게 실렸다. 그날 찍은 시위 장면 사진은 내가 일하는 신문 첫 페이지에 실렸다. 그리고 그날 그가 잡혀가고, 회사에서는 후속 기사를 쓰기 위해 핵심 인물 중 한 명이 되어버린 그의 사진이 필요했다. 그는 잡혀가기 전날까지 버젓이 시위하고 다녔다는 요지의 후속 기사에서 핵심인물이었다. 그날 아침 신문에 실린 사진에는 그의 뒷모습만 보였다. 그가 국정원 정문을 등지고 서 있던 동료들을 마주하고 선 장면이었기 때문에 그는 사진 속에서 뒷모습이었다. 그 사건 취재를 담당한 후배와 데스크는 그의 정면이 찍힌 사진을 찾았다. 내가 전송한 사진들에는 그의 얼굴이 없었다. 물론 친구에게 주겠다고 찍었던 기념용 사진에는 그의 모습이 선명히 찍혀 있었다. 현장의 모든 사람들이 사진에 담길 수는 없지만, 그래도 가장 중요한 인물이 보이지 않는다는 사실은 실망스러운 것이었다. 나는 친구의 사진을 두고 잠시 갈등했다. 그가 내 친구가 아니었더라면 그렇게 큼직하게 사진을 찍지도 않았을 것이고, 내 친구가 아닌 누군가의 그런 사진을 찍었더라면 직업인으로서 당연히 나는 그 사진을 신문에 싣도록 내놓았을 것이다.

내 이름을 달고 그의 사진이 신문에 큼직하게 실리는 것은 아무도 관심 없는 우리끼리의 불편이었을 것이다. 평소 일하던 대로 그 사진을 내밀면 하루가 편하게 마무리될 것이었지만, 나는 사진의 예측할 수 없는 결과에 대해 고민했다. 사진은 상황을 판단하거나 증명하는 기능 이외에도 말로 할 수 없는 힘이 있다. 대부분의 독자들이 그 외모를 궁금해하지 않아도 신문에는 사람의 얼굴 사진들이 실린다. 사진 한 장이 사실을 바꾸지는 않겠지만, 그 사진 한 장이 백만 독자가 보는 신문에 실리는 것의 파장은 다각적이고 클 것이었다. 거창하게 친구를 보호하겠다는 마음까지는 아니었지만 암묵적으로 단정되는 사진의 예측할 수 없는 결과들에 대해 생각해야 했다. 사진은 대량으로 전 국민들의 면전에 배포되었을 때 계량할 수 없는 파급의 위력을 지니기도 한다. 그의 정면 사진은 사진 자체로 말하지 못하고 말의 맥락에 끌려 상황을 증폭시킬 것이었다. 내가 찍은 사진으로서가 아니라 거기 덧씌워진 말들로 유포될 것이고, 그 이후를 감내하기 어려울 것 같았다. 그렇게 좌고우면하는 사이 시간은 성실히 가서 이미 사진을 보내기에 늦어버렸다. 미필적 고의는 비겁을 감당해야 하는 자의 일이다. 나는 사진을 내놓지 않았다. 신문에는 그 정당의 홈페이지에 게시된 그날 시위 사진을 편집자가 내려 받아 썼다. 여러 일행들이 함께 서서 구호를 외치는 장면이었다. 시각적으로 그가 중심에 서 있는 것과, 일행들 속에 포함되어 있는 한 명이 되는 것은 많이 달랐다. 이후의 결과에 미치는 영향이 어떤 차이가 있었을지는 알 수 없다. 대중이 궁금해하지 않는 시각정보일지라도 매체에 내보이는 사람의 사진 한 장이 하는 역할은 복잡하다.

이후로도 몇 년 동안 그 사진은 내 노트북 컴퓨터의 '내 문서' 폴더에 들어 있었다. 그가 출소한 지도 꽤 오랜 세월이 지났다. 출소 직후 한 번 다른 친구들과 섞여서 함께 저녁을 먹었다. 우리는 늘 만나오던 사이처럼 편하고 즐거운 일상의 밥을 낄낄거리며 먹었다. 이후로 사는 것은 또 각자의 몫이라 한 번도 보거나 연락을 주고받을 일이 없었고 우연히 만날 기회도 없었다. 여전히 그와 나는 섞일 일이 거의 없는 사이로 가끔 서로를 생각하고 다른 친구들을 통해 안부를 전해 듣는다. 내가 찍거나 함께 찍힌 많은 기념사진들이 그렇듯이 그 사진은 아직 전해주지 못했다.

고검장의 아침

  불면의 겨울밤을 보낸 새벽, 어둠이 걷히지 않은 서울 여의도 한 아파트 현관 앞에서 나와 사회부 막내 기자는 고검장과 그의 부인을 마주쳤다. 그들은 바로 앞 어둠 속에서 벌벌 떨고 서 있던 카메라를 든 '괴한'을 보고 잠시 움찔했다. 괴한은 허겁지겁 어깨에 메고 있던 카메라를 들어 어둠 속을 향해 초점을 맞춰보려 했으나, 어두운 파인더에는 아무것도 보이지 않았다. 렌즈를 자동초점 모드로 바꾸고 셔터를 힘껏 눌렀다. 배경도 없는 깜깜한 곳에서 셔터를 누르니 TTL 모드(Through The Lens, 렌즈를 통해 들어온 빛으로 카메라가 필요하다고 계산한 만큼 광량을 맞춰주는 기능)로 맞춰져 있던 플래시는 깜깜한 피사계ঽ를 구석구석 밝히기 위해 최대 광량으로 펑 터졌다. 찍힌 사람은 현기증을 일으켰을 것이다.

  "기자들이구만……." 고검장의 짧은 한마디에 지난 새벽까지 마셨을 술 냄새가 얼굴에 확 끼얹어졌다. 잠시 머뭇거리던 두 사람은 무어라 이야기를 주고받더니 부인은 반대편 주차장으로 차를 빼러 가는 듯 멀어졌다. 함께 있던 사회부 기자가 고검장에게 다가갔다. 지금의 심경과 이후 계획 따위의 질문을 했지만 그는 시큰둥하게 대답할 것이 없다는 취지의 말을 하고 어둠이 내린 허공에 한숨을 내뱉었다. 하얀 입김에 진하게 묻어나오는 술 냄새에서 지난밤 통음과 불면의 고뇌가 전해져왔다. 나 또한 지난밤을 그 덕에 춥디추운 대검찰청 앞마당에서 보낸 터였다. 그를 밤새 쫓아서 찾아내거나 검찰청 내부의 술렁이는 모습들을 청사에 잠입해서라도 사진으로 만들어 오라는 종용을 받았다. 왜 사람들은 술렁여야 하고, 그것은 또 왜 사진으로 찍혀야 할까. 사진이 할 수 있는 일은 많지만, 가장 어려운 것이 사람의 상투적 말을 따라가는 사진을 찍는 일이다. '책잡히기 싫어서' 그는 제시간에 대구 고검으로 출근하겠다는 의사를 밝혔지만, 심경의 변화를 일으킬지도 모른다는 데스크의 지시를 받고 새벽부터 그의 집 앞에서 우리는 떨고 서 있었던 것이다. 사람은 또한 은밀한 가운데 은밀한 이야기를 하게 된다.

사진으로 존재를 증명하고 살아야 하는 사람들에게 사진 한 장 남기지 못한 날들은 사진 한 장 남긴 날들에 비해 쉽게 잊히고 때로는 통째로 기억에서 사라진다. 내가 사진도 남지 않은 그때 일을 비교적 상세히 기억하는 것은 그 실패의 기억이 여전히 아프고, 그 때 적은 몇 줄 글이 남아 가까스로 그 실패를 증명하고 있기 때문이다.

지난 세기 말, 나는 좌충우돌 미친 듯 뛰어다녀야 하는 젊은 사진 기자였다. 세상에 못 할 일도 없고 찍지 못할 사진도 없어야 할, 그래서 종종 눈에 보이는 것도 없어야 마땅하던 시절이었다. 통념은 그리 나를 규정했고, 나도 그다지 통념을 거스르지 않고 몸으로는 열심히 일하는 젊은이였다. 1월 말 어느 저녁, 강직한 성품으로 평가받던 지방의 고검장이 서울 대검찰청 기자실에 나타나 검찰의 개혁과 수뇌부의 사퇴를 요구하는 성명서 형식의 글을 낭독하고 사라졌다. 아니 그냥 나갔을 뿐이다. '사라졌다'는 남은 자의 말이다. 검찰 초유의 항명사태라며 모든 언론이 들썩였고, 한 마디라도 더 듣고 취재하기 위해 모든 언론사의 기자들은 밤새 취재하고 기사를 쓰고 그의 행방을 좇았다. 대부분의 기자들과 마찬가지로 사진기자는 늘 일이 터지고 나서 경황없이 서두르는 직업이다. 비록 하룻밤 일거리고 그다음 날 조간신문에 들어갈 사진 한 장일뿐이지만, 일간지 기자들은 그것이 그날의 전부이기도 하다. 나 역시 그랬으나 많은 밤들이 그랬듯 그 밤도 헛되이 갔다.

찬 새벽바람이 매섭게 몰아치는 아파트 앞 주차장 겸 마당에서 중심을 잡지 못할 정도로 흐느적거리는 고검장과 말단 기자 그리고 나, 세 사람은 잠시 말을 잊고 서로 다른 곳만 쳐다보며 추위를 이기느라 이를 악물고 있었다. 잠시 후 좀 머쓱했던지 고검장은 지난 밤의 그 성명서를 두고 "내용이 어떻습디까?"라고 먼저 물음을 던졌다. '정권의 시녀 역할에만 충실하고 민생과 정의의 편에 서지 못했던 지난날의 검찰과 수뇌부'를 비판하고 개혁을 주장하는 내용으로 시작하는 성명서의 서두는 자연인으로서 공감이 되었다. 그 취지대로 대답했다. 사실 그 장문의 글을 끝까지 읽을 시간과 여유가 내게는 없었다. 간간이 중얼거리듯 내뱉는 그의 말에는 분노와 배신과 실망이 실려 있었다. 그는 현 검찰 수뇌부가 자신들이 짊어져야 할 책임을 젊은 검사들에게 전가하기 위한 책동을 부리고 있다고 했다. 본인은 절대 사건 브로커나 변호사의 향응을 받을 만큼 주관 없는 삶을 살아오지 않았음을 이를 악물고 이야기했다. 출근길을 서두르는 몇 대의 승용차들이 라이트를 훤하게 켜고 아파트 마당을 지나갔다. 그때마다 고검장은 차 앞으로 다가가 세우고는 한참을 들여다본 후에 부인의 차가 아님을 알고 돌아섰다. 시계는 6시 30분이 가까워지고 있었다. 그곳에서 20분을 허비한 것이었다. 좀 이상한 기분이 들었다. "이 사람이 도대체 어디를 간 거야?" 그는 주위를 두리번거리다 아파트 뒤편으로 돌아갔다가 다시 돌아왔다. 여명이 밝아오고 있었다. 궁금해진 나는 반대편으로 해서 아파트를 돌아가 보았으나 인기척이 없었다. 매서운 바람이 한차례 볼을 휘갈기고 지나갔다. 내장까지 마구 떨리는 추위였다. 고검장은 당황하는 빛이 역력했다.

"납치된 건가 이거?"라며 주위를 두리번거리다 잠시 멍하니 하늘을 바라보기를 몇 차례, 이제 사태는 부인에게 무슨 일이 있는 것이 아닌가 하는 우려로 급변했다. 나는 이제 내가 왜 그 자리에 있는지를 망각하고 고검장과 함께 '사모님'을 찾아 헤매기 시작했다. 나는 아예 아파트를 한 바퀴 돌아 반대편 넓은 주차장까지 돌아다보고, 세워져 있는 차 밑에까지 허리를 숙여 살피며 주차장 주위를 뒤졌다. 허사였다. 모골이 송연해지며 여러 가지 상상이 뇌리를 스쳤다. '이건 뭔가 보이지 않는 큰 손이 움직이고 있다'는 생각이 들면서 멀리서 움직이는 사람들과 불이 켜져 있는 자동차들을 찬찬히 살펴보았다. 고검장은 경비실 인터폰으로 집에 연락을 해보았으나 우리가 보지 못한 사이 도로 집으로 올라갔을 리는 없다. 잠시 후 고검장을 쏙 빼닮은 딸이 내려와 허겁지겁 주차장을 한 번 더 뒤져보고는 황망한 얼굴로 다시 올라갔다. 이번에는 그와 더 닮은 아들이 내려와 주차장을 한 바퀴 돌고는 어디론가 뛰어갔다. '거대한 음모의 현장에 내가 와 있는 것 같다'는 생각이 들면서 지나가는 사람들은 물론이고 새벽일을 나선 요구르트 배달원까지 음모의 일각이 아닐까 의심이 가기 시작했다. 그사이 집으로 올라갔다 다시 내려온 고검장의 얼굴에서는 졸음과 취기가 사라져 있었다. 비행기 예약 시간인 7시가 가까워 오고 있었다.

잠시 후 어디론가 뛰어갔던 아들이 새벽 공기를 가르고 다시 뛰어왔다. 아들은 숨을 헐떡이며 말했다. "할머니 집에 가 있대." 믿기지 않는 아들의 그 한 마디가 얼어붙은 긴장의 순간에 뜨거운 물을 확 끼얹었다. 나는 저절로 한숨을 흘렸고, 고검장은 "뭐야?"라는 고함소리로 그것을 대신했다. "거기를 왜 갔대?" 주차장에 차를 가지러 간 사람이 갑자기 친정에 가 있다는 이야기를 듣고 경악하지 않을 사람이 있겠는가? 부인은 고검장이 집 앞에서 만난 기자들과 함께 공항으로 가려는 것으로 짐작하고, 나온 김에 친정에 잠깐 들렀던 것이었다. 아들이 찾아가지 않았더라면 우리는 한참을 더 우왕좌왕했을 것이다. 한숨 돌린 고검장은 투덜거리고 있었지만, 온몸의 긴장이 일시에 빠져나가는 듯 말이 점점 느려지고 있었다. 정신을 추스른 고검장은 부인이 올 때까지 집에 잠깐 들어가 있자는 제의를 했다. 비행기 시간도 이미 늦었으니 잠깐 몸이나 녹이고 가자는 것이었다. 회사 차로 공항까지 모셔다 드릴까 하는 동정심이 발동했으나, 운전석에서 코를 골며 자고 있는 기사를 보니 도저히 그럴 상황이 아닌 것 같았다. 어색한 상황을 어떻게 녹여보지 못하고 그냥 고검장을 따라 집으로 들어섰다.

수줍음이 많을 나이인 중고등학생 아들과 딸은 자기 방으로 들어가버렸다. 거실과 식탁이 놓인 주방 사이는 3단 계단으로 연결되어 있었고, 안쪽으로는 안방과 아이들 방이 있는 것 같았다. 집은 널찍하고 좋아 보였지만 호화롭지는 않았다. 여기저기 책과 작은 물건들이 놓여 있고, 살림살이도 정갈하게 정돈된 상태였지만 가재도

구와 여러 가지 물건들이 넘쳐나는 것으로 보아 그 집에서 꽤 오래 산 것 같았다. 거실 소파 뒤 낮은 장식장 위에는 검찰 생활을 하면서 받았던 표창이나 기념패, 본인을 표지 모델로 한 시사 월간지, 그리고 기념사진 등이 놓여 있었다. 말단과 나는 거실 소파 끝에 어색하게 앉았다. 뉴스의 초점이 되는 인물과 기자가 거실에 마주 앉은 것이었다. 우리가 앉은 긴 소파와 ㄱ 자로 붙은 1인용 소파에 몸을 내맡기듯 기댄 고검장이 "정말 큰일 나는 줄 알았네…"라며 혼잣말처럼 이야기했다. "지난번 한보 사건 수사할 때도 내가 얼마나 많은 협박을 받았는지 알아요?"라며 검사라는 직업의 애환을 이야기했다. 나는 (부인에게 별일 없어서) 그래도 다행입니다"라며 어색한 웃음과 함께 위로를 보냈다. "그럼, 다행이지, 다행이야……" 한숨처럼 내뱉는 그의 얼굴이 수척했다. 추운 데서 한참을 떨다 거실의 온기를 느끼니 슬며시 졸음이 왔다. 그도 피곤을 이기지 못하고 소파에 비스듬히 기댄 채 눈을 감았다. 탁자에 발을 올려놓은 그의 모습은 사건의 정황과 그의 상태를 말해주는 단 한 장의 사진이 될 수 있었다. 등진 창문에서는 아침 햇살이 실루엣을 만들어주고 있었다. 슬며시 카메라를 들고 셔터에 손을 갖다 대는 순간, 그가 눈을 떴다. 도둑질하다 들킨 것 같은 당혹감. 그는 손을 내저었다. "추운 데서 떨었으니 몸이나 녹이라고 들어오라 한 거지, 그러면 안 되지…"라며 한사코 거절하는 모습이 고집스러운 촌로와 같았다. 그 목소리가 너무도 현실적이고 인간적이어서 나는 무너졌다. "지금은 괴로우

시겠지만, 오늘은 역사가 될 것입니다. 허락해주십시오"라는 말 따위는 목구멍에 걸려 나오지도 않았다.

방으로 들어간 고검장이 아이들을 시켜 신문을 가져오게 했다. 한동안 철퍼덕 철퍼덕 성급하게 신문 넘기는 소리가 들려왔다. "내 키는 대로들 썼구만." 다시 거실로 나온 그는 조금 전의 그 자세로 잠시 상념에 잠겼다. 눈을 뜬 그가 이야기했다. "더 이상 내가 검사 일을 할 수 없다는 거 알아요. 아무런 미련이 없지만, 나는 언제든지 그만둘 각오를 하고 살아온 사람이지만, 이건 정말 말이 안 되는 경웁니다. 내가 어떻게 살아왔는지 아는 사람들은 다 알아요." 어느 변호사 비리사건 조사과정에서 고검장이 향응을 제공받은 혐의가 나왔다는 말은 그로써 감당하기 힘든 충격이었던 모양이다. 그는 이 말을 하면서 이를 악물고 손을 부르르 떨고 있었다. 언론은 의심을 문장으로 포장한다. 포장하지 않아도 대중은 대개 그것을 완성된 사실로 받아들인다. 너무 많은 생각들을 말로 표현해 내지 못하는 답답함이 그의 표정과 한숨과 손짓으로 허공을 채웠다. 다시 어색한 침묵이 흘렀고, 잠시 후 그가 먼저 나가자고 했다. 좁고 느려터진 엘리베이터 속에서 6층과 1층 사이는 무척 길게 느껴졌고, 다시 그의 숨결에서 술 냄새가 풍겼다. 숙취의 향은 생각보다 원만했다. 현관을 함께 나서니 부인의 구형 소나타 승용차가 저만치 기다리고 있었다. 바삐 걷는 그를 앞질러 뻣뻣한 손으로 초점을 맞추며 몇 장의 사진을 더 찍었다. 본의 아닌 신사협정은 현관을 나서면서 해지하기로 혼자 어색한 결정을 했다. 요란한 셔터 소리가 고요한 새벽을 갈랐다. 그는 부인의 옆자리에 올라타면서 문을 닫기도 전에 부인에게 핀잔과 넋두리를 늘어놓기 시작했다. 그리하여 고검장은 예정보다 한 시간이 늦은 오전 10시경 지방 대도시의 청사에 출근했다. 아마도 그에게 평생 가장 길었을지도 모를 하루의 시작이었다.

결국 내가 눈으로만 찍은 그 사진은 내가 발설하지 않았으니 비밀이 되었고, 이튿날 신문에는 누구나 예상할 수 있었던 그의 출근 장면이 찍혀 나갔다. 어둠 속을 나서는 그의 외로운 모습은 신문에 쓰기에는 시의성이 처진다고 생각되었는지 게재되지 않았다. 아니, 외롭다는 형용사는 나만의 것이었다. 실패라 생각하자면 지금도 그 기억은 아프다. 그렇지만 나는 그날 궁지에 몰린 외로운 공직자로부터 고생하는 젊은이로 충분히 대우를 받았다. 이미 많은 날들이 그랬듯이 사진 한 장 남기지 못한 하루는 그렇게 갔다.

십수 년 후 가족과 함께 여행 갔던 동남아 어느 도시에서 우연히 그를 보았다. 세계는 넓고도 믿기지 않을 정도로 좁아서 남의 나라 어느 도시에서도 누구든 인연 있는 사람을 우연히 만날 가능성은 있다. 염두에 두고 사는 특정한 누군가를 그런 곳에서 만날 가능성은 거의 없지만, 내가 기억하고 나와 인연 있는 수많은 사람들

중 한 명을 그런 곳에서 우연히 만나는 것은 얼마든지 있을 수 있는 일이다. 허리는 약간 구부정해진 듯했고 흰머리도 늘었다. 그때보다 몸은 적잖이 야위었지만 몸의 기운은 강직해 보였다. 반가운 마음에 달려가서 인사라도 하고 싶었지만 그가 기억하지도 못할 인연을 들먹이며 개인의 사적인 시간을 방해하고 과거를 복기하는 것은 무의미할 것이었다. 그래서 멀찌감치 나무 그늘에 앉은 채로 가지고 있던 조그만 카메라로 사진을 찍어보았다. 딱 한 장이었다. 사진하는 사람들도 가끔은 목적도 이유도 말할 수 없는 사진을 찍고 본다. 그 널찍한 풍경 한쪽에서 걷고 있는 옆모습은 아무런 시각적 메시지도 없이 여러 사람들 중 한 사람으로 찍혔다. 평면화된 관광지의 일상을 담은, 눈길 끄는 아무것도 없는 사진. 어차피 누구에게도 보여주거나 의미를 두지 않을 사진은 한 장으로도 넘친다. 나만의 자위로써 그분과 나의 찍지 못한 사진으로 얽혔던 인연은 그렇게 마무리되었다. 그 한 번의 셔터 소리에 오골계만 한 동남아의 비둘기가 '푸드득' 힘겹게 날아올랐다.

스톡홀름, 2009

출세한 아들의 자동카메라

어릴 적 고향 바닷가에는 염전이 있었다. 어느 때부턴가 염전에 서는 소금을 만들지 않았고 비가 많은 여름에는 우리가 한 철 먹 감고 놀기에 딱 좋은 거대한 수영장이 되었다. 대학시절 고향에 가 보니 염전 주위에 철조망이 쳐지고 그 안에 공장들이 들어서 있었 다. 공장은 점점 더 커지고 넓어졌고, 한참 뒤에 그곳에서 군납 화약 과 폭약을 만든다는 이야기를 들었다. 방학 때 고향 집에 있으면 멀 리서 폭약 실험하는 소리가 자주 들렸다. 그 공장에서 어느 공휴일 새벽 대형 폭발사고가 났다. 창고에 보관하던 폭약이 한꺼번에 폭발 하면서 불꽃이 수십 미터 높이로 치솟고 부서진 건물 콘크리트 덩 어리가 수백 미터를 날아가 민가 유리창을 깨고 지붕을 부수었다. 내 어머니가 지금 계신 곳이 그 공장 바로 옆이다. 잠결에 놀라 일어 난 어머니는 폭음과 날아다니는 돌덩어리를 피해 뒷산을 맨발로 뛰 어 넘다 실신지경이 되어 구급차에 실려가 입원했다. 그 공장은 그 보다 4년 전 태풍이 남해안을 초토화했을 때에도 누전 때문인지 대형 폭발사고를 낸 적이 있다. 그때도 어머니는 초토의 한가운데 있었다. 폭풍우 속에 수십 미터를 치솟은 불기둥과 파편 덩어리는 마을 사람들을 죽음의 공포에 몰아넣었고, 어머니는 동네 어른 몇 분과 빗속을 뚫고 10킬로미터 밖 읍내 경찰서까지 혼비백산 도망쳤다. 천재지변 앞에서 경찰은 친절했지만 아무것도 할 수 없었거나 하지 않았다. 파도를 타고 마당까지 배가 넘어오고 냉장고는 집 앞 논 가운데 박혀 있었다. 4년 전 태풍 피해보다는 덜했지만 이번에도 집은 참담했다. 방과 마당에 널린 유리조각들, 수십 미터를 날아와 집 안 곳곳에 부서져 있는 그을린 콘크리트 덩어리들과 화약 냄새.

또 고향에 왔다.

손에 들린 작은 자동카메라가 느릿느릿 주밍zooming하고 초점 맞추는 '스르륵' 소리는 허무하고 현실에 있지 않는 소리였다. 사진의 이름으로 세상을 대하는 자로서 그런 흥분과 분노의 순간에 맞는 무기의 행색으로 '똑딱이(작은 자동카메라를 부르는 속칭)'는 서글펐다. 아무리 당시로는 최신형이고 24밀리미터까지 되는 광각 줌렌즈에 조리개가 2.0까지 열리는 세련된 카메라라 해도 심리적 거리를 무시하기 어려웠다. 화질도 화각도 문제가 아니었다. 드물게라도 카메라는 껍데기로서 상황을 대적해야 할 때가 있었다. "아저씨요, 찍지 마소." 찌그러지고 쓰러진 철조망 울타리 구멍을 지키고 있던 덩치들 중 하나가 말했다. 나는 되받아 고함질렀다. "피해자 가족이야,

OO! 어디 손바닥으로 달을 가릴라 그래?" 남도의 시골에서 서울말이 튀어나왔다. 여기서 빈 칸은 두 자리 숫자 중 하나와 발음이 같은 욕이다. 두 번째 말은 하지 말았어야 했다. 아니면 좀더 무식한 욕으로 퍼부었던가. 뙤약볕이 정수리 위로 내리쬐고 있었고, 그 유식의 절규는 적막했다. 내 직업인 기자로서 사고 현장에 있었더라면 다른 방식으로 비굴하지만 능숙한 실랑이를 벌였을 것이었다. 종종 현장에서 봐왔던 피해자 가족으로 그들을 마주했다는 사실은 나의 태도를 바꾸었다. 나는 사고를 친 그들과의 소송도 불사하겠다는 의분으로 카메라를 들었지만 그 사진이 무엇을 할 수 있을지는 막막했다. 어쨌든 그들은 더 이상 뭐라 대꾸하지 않았다. 남대문 카메라상에서 산 병행수입품 똑딱이는 셔터 소리도 들리지 않았고, 나는 셔터 버튼을 꾹꾹 눌러 찍히는지 마는지도 모른 채 덩치들과 지역 방송 카메라 기자가 실랑이를 벌이고 있는 철조망 앞과 그 너머 공장 지붕들을 찍었다. 뙤약볕은 너무 밝아서 카메라 액정 화면도 보이지 않았다. 손으로 그늘을 만들어가며 카메라를 들여다봤다. 70밀리미터밖에 당겨지지 않는 줌렌즈가 달린 카메라로 30~40미터 밖에서 찍은 장면은 카메라 액정 화면 안 사람들을 빈대만 하게 보여주었다. 어머니 집으로 돌아와 돌덩어리가 무너뜨린 축대와 깨진 유리 문짝 따위를 자동카메라를 스르륵대며 사진 찍었다. 나는 아들과 기자 사이 어중간한 자리에 손바닥보다 작은 자동카메라 하나를 들고 서 있게 되었다.

이 땅 대부분의 고향 홀어머니들 삶이 순탄할 리 있겠는가마는, 내 어머니 주변에는 당신의 본의와는 상관없이 나를 놀라 자빠지게 하는 일이 간간히 일어난다. 두 번의 폭발사고와 네 번의 태풍은 어찌 보면 크고 작은 놀라움 중 일부일 뿐이다. 이른바 '사기'를 당한 적도 있다. 그것도 그리 어렵지 않게 해결할 수 있는 일을 자식들 알고 걱정할까 봐 혼자 안고 뒹굴다 보니 일이 커졌다. 상대는 선수였고, 사태는 되돌릴 수 없을 정도로 악화되어 있었다. 그것을 뒤집기 위해서 싸우고 돌아다닐 여건도 아니었고 오히려 당신의 심적 고통만 더하게 할 것이라는 잠재적 결론을 내린 나는 동생과 함께 생살을 도려내듯 적잖은 돈으로 사태를 수습했다. 어머니에게는 지금도 해결되지 않은 문제들이 있지만, 나는 그 내용과 규모를 제대로 알지 못한다. 20년이 넘도록 애원하고 떼쓰고 고함지르고 울고 뒹굴어 보았지만, 당신은 그 일을 절대 입 밖에 내지 않는다. 그 고집이 초래한 예상치 못한 일들은 나를 경악하게 만들고 어떤 경우 깊은 회의의 나락에 빠져들게 하기도 했다. 그렇게 헛되이 쓴 돈을 제대로 썼다면 당신의 삶이 지금처럼 척박하지는 않아도 될 것이라는 생각도 하지만, 그것 또한 내 착각일 가능성이 많다. 농사는 그만두시라며 십 년 넘게 애원하고 있지만 올해도 노친은 모내기를 했다. 그 고집과 힘으로 우리를 키우신 것은 인정하지만 지켜보는 입장에서는 무력하고 아프다. 당신은 자식들 잘 사는 게 가장 큰 행복이란 말을 입에 달고 살지만, 버려둔 고향의 육친은 때로 벽이고 좌절이기도 하다. 이처럼 가슴이 철렁 내려앉는 며칠을 보내고 나면 각별한 고향을 물씬 느낀다.

　마을 어른들은 지난번 태풍 때에도 그랬듯이 이제 도저히 불안해서 살 수가 없다며 공장 측과 사단을 내도 진작 냈어야 할 일이라고 입을 모았다. 그분들 기준으로 나는 '출세한 놈'이어서 단번에 그 일을 대신해줄 것이라 기대했다. 그러나 시골 노인들이 대규모 집단과 맞선다는 것은 자본주의 법치국가에서 도저히 승산 없는 싸움이다. 사실 사람들이 사는 마을에 인마살상이 가능한 폭발물 공장이 들어선다는 것 자체가 말이 안 되는 일이었고, 지금도 말이 안 되는 일들은 법치국가에서 계속되고 있다. 실상 그 집단의 벽 앞에서 어느 배운 놈도 별반 소용없다. 또 한동안을 지리멸렬하게 끌어갈 싸움에 신경을 쓰고 도움을 주기에는 내가 너무 멀리 와 있고, 너무 바쁜 객지생활로 인해 시간 없다는 핑계는 이미 마련해 놓고 시작한 일이 아니던가. 공장을 찾아갔으나, 그곳 총무부장의 "드릴 말씀이 없다"는 말씀만 듣고, 하실 말씀이 있을 만한 분은 만나지 못하고 돌아왔다. 아니, 누군가 싸워볼 만한 상대가 나타나주지 않은 것을 일면 다행으로 생각할 만큼 피곤했다.

　명분과 형식을 중요시하는 어머니는 와중에도 "큰어머니와 숙부, 동네 어른 누구누구가 문병을 다녀갔으니 가기 전에 인사드리고,

사촌 형들이 전화했으니 전화해주라"는 말을 잊지 않으셨다. 어머니는 한동안 마을 어른들로부터 아들이 그냥 돌아갔고, 출세한 아들도 별로 도울 일이 없다는 사실 때문에 시달리셨을 것이다. 시골에서는 아직도 출세와 권력의 의미가 잘못 인식되고 있다. 순박한 마음이긴 하지만 평생을 제도와 권력에 소외되어 살아온 분들이라 보고 느낀 것이 그런 것밖에 없을 것이다. 어른들은 서울서 기자생활 하는 놈이면 못할 게 뭐냐고 입버릇처럼 이야기하고 자식 취직 부탁까지 한다. 안타깝고 답답하지만 그런 것 아니라고 고함지를 수도 없는 노릇이다. 당신들의 큰 기대가 또 실망으로 바뀌고 서운함은 더 커질 것이다. 내 현실을 잘 알지만 답답한 마음에 어머니는 또 내게 전화해서 어떻게 좀 신경 써보라고 이야기하실 것이고, 그러다가 또 한바탕 내 짜증에 실망하실 것이다. 그렇게 또 가야 할 길을 찾지 못한 애정과 갈등의 날들이 오고 갈 것이다.

밤길을 운전해 집으로 온 뒤 멍한 기분으로 거실에 앉아 있으니 TV 뉴스 화면에 병실 침대에 누워 있는 어머니의 모습이 나왔다. 방송 기자들은 입원실까지 찾아가서 어머니에게 마이크를 들이댔다. 타지 사람들이 도저히 알아들을 수 없는 적나라한 사투리로 어머니의 다급한 상황 설명이 소란스럽게 튀어나왔다. 얼굴이 뜨거웠다. 또 긴 하루가 지나가고 있었고, 나도 모르게 헛웃음이 나왔다. 그 날 해 지기 전부터 어머니는 다음 날 출근해야 하는 아들을 어서 올라가라고 내몰았다. 문병 와 있던 이웃 아주머니는 병실을 나서는 내 등에 대고, "저놈들 사진 찍어서 신문에 내삐리라"고 하셨다. 큰 신문사 기자로서 일의 이름으로 두려울 것이 없어야 했던 무기로서의 카메라는 내 손에 없었고, 객지 나간 시골의 아들 손에 들렸던 작은 카메라는 아무것도 할 수 없었다. 아무것도 할 수 없는 카메라는 바로 나였다. 카메라 기종과 덩치보다 그것을 들고 선 사람의 자격과 명분이 더 중요할 때가 많다. 카메라는 알맹이와 껍데기의 일이 종종 다르다는 것이 사람의 속성과 닮았다.

제주도, 2016

사막의 작은 우주- 사하라에서 1

꼬마는 대추야자 나무 아래 그늘에 작은 나무처럼 서 있었다.

서너 살쯤 됐을까. 아이의 까만 무표정 위에 빛나는 두 눈만이 뭔가 말하고 있는 듯했다. 사막의 뙤약볕에 온몸의 에너지를 다 빨려버린 나는 나무 밑동에 기대 늘어져 있었다. 내가 할 수 있는 것은 힘없이 웃어주는 것뿐이었다. 시선을 옮기는 것마저 온몸의 근육을 써야 되는 일이었다. 아이는 미동도 없이 고요한 눈길만을 내게 주었다. 정지된 한 장의 사진처럼 시간이 느리게 아주 느리게 흘러갔다. 극단적 이명耳鳴만이 천지를 덮은 정적은 내가 있는 자리와 시간을 가늠할 수 없게 했다. 순간 정적을 깨뜨린 것은 소리가 아니었다. 하얀 홀씨 하나가 바람 한 점 없는 허공에서 비스듬히 날아와 아이의 반짝이는 두 눈 위 머리에 내려앉았다. 눈 흰자위에는 가는 핏발이 섰지만 맑고 깊은 눈은 호수 같았다. 홀씨 하나 내려앉았을 뿐인 아이의 모습은 점점 마음을 요동치게 했다. 세상 거의 모든 일과 마찬가지로, 아무것도 아닌 어떤 순간은 사소한 것 하나가 얹혀 전혀 다른 말을 한다. 움직이기 어려웠지만 남은 한 줌 기력으로 카메라를 들어 아이의 얼굴을 그 속으로 바라보았다. 아이는 우주를 이고 있었다.

철커덕……. 아득한 어둠 같은 정적을 딱 한 번의 카메라 셔터 소리가 벼락처럼 갈랐다. 이명이 뒤덮고 있던 귓전에서 그 소리는 '우당탕'에 가까웠다. 아이의 머리 위에 내려앉았던 홀씨는 그 '소란'의 진동 때문인지 다시 머리를 떠나 날아갔다. 인간이 한 줌도 느끼지 못하는 가운데도 바람은 불었는지 홀씨는 몇 걸음쯤 날아가다 땅으로 내려앉았다. 그렇게 딱 한 장, 천운 같은 순간이 사진으로 왔다. 그저 흘러갈 뿐인 시간 속에서 각별한 한 순간은 가끔 사람의 마음에 쿵, 소리를 낸다. 사진 속 아이는 이제 영원히 머리에 우주를 이고 있게 되었다. 사진은 남아서 아무것도 아닌 순간을 오랫동안 이야기할 수 있게 했다.

서아프리카 니제르Niger의 사하라 지역에는 15년 동안 우기에도 비가 거의 내리지 않았다. 국토의 3분의 2가 사하라사막이고 사막은 점점 더 사막이 되어갔다. 풀과 나무가 자라지 않았고, 생계의 수단인 동시에 가족인 가축들은 대부분 굶어 죽었다. 가축이 없으니 곡식을 사지 못했고 사람들도 굶어야 했다. 드물게 흘러나온 서방의 언론 보도는 수십만 명이 기아로 죽어갈 위기에 처해 있다고 했다. 동물과 사람, 어른 아이 할 것 없이 절체절명의 여름을 지나고 있었다. 그 여름 나는 구호사업을 위해 떠나는 우리나라의 교회 봉사단을 따라 말라붙은 여름의 나라 니제르를 갔다. 그들의 어려움을 사진으로 말하는 것이 어떤 일인지 실감하지 못한 채 출장길에 나섰다. 나는 그다지 아프리카를 꿈꾸지 않았지만, 타인들의 불행이 나에게 일이 되는 경우는 많았고 그들의 불행이 나에게 기회를 가져다준 아이러니를 거절할 수도 없었다. 기자인 나는 주어진 지시에 따라 그곳에 가야 했다. 우리는 대부분 그렇게 길을 나섰다.

사하라사막에서도 유목민들이 사는 지역은 프랑스 식민지 시절 건설한 왕복 2차선 1번 국도와 비포장도로를 번갈아 타며 쉬지 않고 가도 열댓 시간 넘게 걸리는 곳이었다. 수도 니아메Niamei에서 출발한 지 사흘 만에 우리는 그곳에 도착했다. 중간에 도시와 마을들을 들러 봉사단에서 준비한 곡식을 나누어 주었다. 도시 사람들에 비해 사막의 유목민들은 조용하고 기품 있어 보였다. 기골이 장대하고 용모가 수려한 그들은 굶어도 궁핍한 외양을 하고 있지 않았다. 불행하다는 것은 종종 도시인과 문명사회에서 소비되는 형용사로서의 이미지일 때가 많다. 사진을 하는 나도 국제 구호단체나 NGO들이 문명세계에 쏟아내는, 불행한 이미지로 가득한 그들의 사진을 상상했다. 앙상하게 뼈만 남은 아이들, 아이들의 얼굴에 달라붙어 쫓아도 달아나지 않는 초파리들, 죽어 널브러진 짐승의 사체들…… 문명세계의 사람들에게 호소하고 그들의 마음을 움직이게 하기 위해서 사진들은 가혹하고 참담해야 했다. 그러나 사진이 예견된 장면에 부응하지 않을 때는 많다. 가축들이 굶어 죽었고 기아에 시달린다고 해서 그들의 외양이 외부인들의 기대에 부합해야 할 이유도 없다. 그곳에 가보지 않고서는 알 수 없는 일이었다. 그들은 불행하고 살기 어려웠지만, 우리가 예상한 외양으로 불행을 드러내고 있지 않았다.

그해 가을, 나는 이 사진 한 장에 이끌려 사하라사막을 다시 갔다. 그 여름 이후 그곳의 소식을 더 이상 알 수 없었다. 사진은 선명히 남았지만, 지난여름 내가 본 것들이 환영이 아니었을까 하는 느낌에 사로잡혀 지냈다. 현실과 비현실의 경계는 모호했다. 내가 찍었다고는 믿어지지 않은 사진에 대한 영혼 없는 찬사를 누리는 것도 불편했다. 사진은 사진으로 말하는 것이지만, 사진만으로 이야기되지 않는 사진의 순간이라는 불합리를 처음으로 느꼈다. 의지만으론 발을 내딛기 어려웠지만, 여러 가지 연유와 핑계를 대고 나는 다시 그곳을 갈 수 있었다. 사람의 모든 일들이 필연과 의지만으로 시작되는 것이 아니었고 굳이 다시 가지 않아도 될 곳이었지만 몇 가지 여건들이 협업하고 부추겨준 결과로 나는 다시 아프리카 사하라를 더듬어 찾아가게 되었다. 그곳에서 사역하는 선교사와 현지 사람들의 도움이 없었으면 불가능한 일이었다. 기억은 아직 눈앞에 있는 듯하지만, 벌써 십 년이 넘은 그해 여름과 가을, 그렇게 나는 두 번씩이나 아프리카, 그것도 사하라를 다녀왔다. 카메라를 들고 뭔가 찍는다는 거의 모든 사람들에게 아프리카는, 그리고 사막은 언젠가 가리라 할 동경의 땅일 것이다. 희망이자 다짐의 다른 이름이기도 한 미지의 땅은 오래 사진을 한 사람에게도 바로 오늘 사진가가 되기로 결심하고 카메라부터 장만한 사람에게도 마찬가지의 꿈일 것이다. 그것은 '아프리카에서 대자연과 원주민들의 정기를 쐬고 사진도 치열하게 찍으리라'는 욕망일 것이다. 많은 사진가들도 그 사진의 출발은 가질 수 없는 것들에 대한 포획의 은밀한 욕망이었을 테니까. 대개 욕망은 그 자체만으로는 나쁘다 할 수 없지만, 선의의 얼굴로 적당히 가리기도 한다. 그때만큼은 의지와 욕망을 직업의 핑계로 가릴 생각이 없었다.

단 한 번 다녀왔을 뿐인 흙먼지 가득한 저녁 니아메의 흙길은 고향처럼 반가웠다. 여름에 처음 도착했을 때는 밤길이 무서워 차창도 열지 못했었다. 그리웠나 보다. 두 번째로 찾아간 사하라에서 가장 많은 시간을 보낸 곳은 풀라니Fulani족族의 한 갈래인 워다베Wodabee족과 투아레그Tuareg족 유목민들의 정착지였다. 고단하고 궁핍했던 여름에 만났던 사람들이 사는 곳이었지만 여름과 가을은 그 장소가 달랐다. 여름은 유목의 계절, 떠나는 계절이었고 가을은 결실과 정착의 계절이다. 문명의 시작은 사람들의 정착에 있다. 그들도 여러 해 전부터 건기에는 정착하는 생활을 하고 있었다. 그러나 그해 가을 그들은 제대로 수확하지 못했고, 그나마 가장 큰 수확은 고달픈 여름을 견디고 살아남아 보통에 가까운 가을에 도착한 것이었다. 우리가 여름 그곳을 다녀온 후 기적 같은 비가 내려 농사짓는 사람들은 씨앗을 다시 뿌렸고 유목민들은 비를 마시고 자란 풀로 가축을 먹였다. 사헬Sahel(사하라사막 주변 관목지대)의 풀들은 한 방울의 물도 놓치지 않고 빨아들여 '쑥쑥' 소리를 내듯 자랐다고 했다. 그들은 예사롭지 않았지만 예사로운 가을의 풍경에 어렵게 가까이 갈 수 있었다. 고단한 여름이 그랬듯이 그들의 가을도 조용했다. 가을에 다시 그곳에 가면서 나는 직업과 내 분야의 관성에 따른 이미지를 상상하지 않기로 했다. 가을도 사람들도 염소들도 조용히 아름다웠다. 시각적 메시지의 고루한 짐을 버리고 세상을 존재 그 자체로 바라보려 했지만 나는 이미 객관적 시점을 상실했다. 나의 나라에서 직업인으로서 사진을 하자면, 자주 치열한 직진의 언어에 강요당한다. 그러나 이곳에선 이기고자 할 경쟁도 없었고 얻고자 하는 배움이나 담고자 하는 메시지도 없었다. 그냥 그곳에 가 있다는 사실만이 몸에 새겨지길 바랐다. 카메라도 들기 귀찮았지만, 그들이 먼저 나의 카메라를 궁금해하고 그 앞에 서고 싶어 했다. 당연히 그들도 나를 기억하고 있었다. 추장의 딸도, 추장의 아버지도, 감기에 걸려 콧물이 말라붙은 꼬마들도 먼 곳까지 와준 손님을 고마워해 주었다. 나는 신기한 구경거리였다.

아이들은 아침 식전부터 찾아와 내 주변을 얼쩡거리며 구경했다. 소 먹이는 길을 따라나서고, 사막 가운데 깊은 우물에서 동네 장정들이 물 길어 올리는 것도 지켜봤다. 외국의 선교사들이 파준 수십 미터 깊이의 우물에서 길어 올린 물을 사람과 가축이 함께 마셨다. 긴 여름을 지나 막 가을에 도착한 아이들은 재잘거리며 학교로 갔다. 우물과 학교와 곡식창고는 사시사철 떠돌아다니던 그들 삶의 형태를 바꾸기 시작했다. 정착지의 조건은 건기 동안 가축들을 먹일 물과 풀의 자리다. 그곳에 우물과 학교가 있었다. 사실 그들은 외계의 상상에 따른 불행의 이미지를 드러내지 않았다. 동족과 가족 같은 동물들과 먹을 물과 얼마간의 곡식이면 그것으로 충분했다. 행복과 불행의 상대적 잣대가 의미 없는 곳에서 살아 있고 먹을 수 있음이 행복이었다. 아이들은 밤이 깊도록 깜깜한 풀밭에서 바가지를 두들기며 춤추고 노래했다. 그 궁핍을 내 객관과 표현이란 미명으로 덧칠하는 것은 어리석은 일이었다. 한꺼번에 쏟아진다면 함박눈처럼 눈 앞 가득 한참을 날리고도 남을 것 같은 별들은 커다란 지붕을 만들고 있었다. 그 지붕으로 내 몸을 덮고 사하라의 가을에 누워 나는 잠을 청했다. 밤새 잠들지 못했다.

니제르, 2005

하얀 홀씨 하나가 바람 한 점 없는 허공에서 비스듬히 날아와
아이의 반짝이는 두 눈 위 머리에 내려앉았다. 눈 흰자위에는 가는 핏발이 섰지만
맑고 깊은 눈은 호수 같았다. 남은 한 줌 기력으로 카메라를 들어 아이의 얼굴을
그 속으로 바라보았다. 아이는 우주를 이고 있었다.

이탈리아 토리노, 2006

part 2

기억된 시간

퇴근길의 남자와 거장

익숙한 밤길을 가다 퇴근길임이 분명한 중년 남자의 뒷모습을 보고 걸음을 멈추었다. 청년이었던 시절에는 중년이라는 범주에 대해 쉽게 짐작하고 말할 수 있었지만, 내가 그리 불릴 만한 나이가 되고 나니 과연 중년이란 어떤 나이일지 말하기 어려워졌다. 늙음과 젊음의 중간쯤일지, 나이 들어 세상의 무게를 알고 심신이 무거워진 즈음인지 말로 설명하기 애매하다. 어쨌건 그는 보는 순간 중년이라 생각되었고, 주름진 검정 반코트와 어깨에 늘어진 가방처럼 뒷모습은 왜소하고 외로웠다. 그는 벽에 붙은 사진들을 하염없이 바라보고 있었다. 지나가는 사람 아닌 진지한 관객의 자세였다. 퇴색한 저녁의 컴컴한 길거리 속에서 사진 속 인물들은 흑백이었지만 단정하고 영롱했다. 오드리 헵번, 무하마드 알리, 테레사 수녀, 어니스트 헤밍웨이, 크리스천 디올, 엘리자베스 테일러, 마크 샤갈……. 오늘 이곳의 반대편 저 어디의 이름이고 얼굴들이었다. 어느새 나는 그의 시점으로 사진들을 보고 있었다. 우리의 현실 반대편에 있는 그들은 지난 세월 우리의 현실에 함께했던 인사들이다. 그들을 추억이라 불러도 될까? 된다면 그것은 그들과의 인연인 동시에 과거의 어느 시기에 꿈처럼 흠모하고 동경했던 천국의 아이콘들일 것이다. 그들은 집단적인 상징으로 우리의 과거에 영향을 미쳤다. 지난 세기, 전 세계인들의 성장과 외로움과 고통과 행복의 시기에 어떤 형태로든 영향을 미친 사람들은 이름으로도 남지만, 거대한 상징으로서 우리들의 마음에 여전히 동요를 일으킨다. 퇴근길의 외로운 가장은 그들의 얼굴에서 그들과 함께, 그들과 자신의 과거를 연결하는 보이지 않는 끈을 보았을 것이다. 그들과의 관계로 인해 설레던 지난 세월 어느 시점을 보았을 것이다.

지나가던 나도 그곳에 한참을 서서 유명 인사들의 흑백 사진들을 바라보고 있는 남자의 뒷모습을 한 장의 사진인 듯 바라보았다. 사진 속 인물들이 구가했던 황금의 시절과 퇴근길 남자의 현재를 함께 바라보면서 그 시간의 깊이와 말할 수 없는 공백에 마음 흔들렸다. 나도 그런 질환을 앓을 나이가 되었다. 사진 속 그들의 이름을 나직이 소리 내 불러봤다. 얼굴들의 이름을 생각 속에서 기억해 내는 것과는 달랐다. 성대를 울려 목구멍으로 내보내는 나직한 소리는 그들에 대한 기억을 몸으로 불러내는 의식이었다. '파블로 피카소'는 소리로서 왠지 헛웃음이 나는 이름이었다. 과거 속으로 아주 멀리 가버린 그들의 부재는 회한을 일깨웠고, 남자의 뒷모습은 우리에게 과거는커녕 우리의 현재에도 손 닿지 못하는 순간이 많다는 말을 하고 있었다.

    사진가 유섭 카쉬Yousuf Karsh의 사진전이 서울 세종문화회관 미술관에서 열리고 있었다. 인물 사진의 '거장'이란 칭호를 달고 기획된, 유명 인사들의 사진들을 잔뜩 건 전시회였다. 입장료를 꽤 받는 그런 사진전들을 '블록버스터 사진전'이라 부르기도 한다. 대단한 규모라는 뜻이기도 하지만, 큰돈을 들여 불러왔다는 비아냥을 담은 수식어로 쓰일 때도 있다. 매표소 옆 오드리 헵번은 고혹적으로 판촉 활동을 하고 있었다. 거장은 사진 속 인물들의 면면으로도 거장임을 웅변했다. 사진은 사진만으로 할 수 없는 말들을 여러 이름과 여러 관계들을 빌려 하기도 한다. 어쨌든 거장의 수식어는 남루하지 않았고, 사진들은 그것들을 바라보는 우리를 그들의 황금시절로, 우리가 알아버리고 겪어버린 상처 이전의 세월로 잠시 데려다주었다. 그러나 얼핏 화려하거나 영롱했던 순간의 얼굴들은 사진 그 너머의 소리를 그다지 들려주지 않았다. 그들과의 내 추억이 각별하지 않아서일 수도 있고, 사진이 말하는 면면들의 표면적 이야기를 넘어 더 이상 궁금한 것이 없어서였을 수도 있다. 나는 늘 그 길을 다녔지만 그 전시장을 들어가 보지 않았다. 그날 길 옆 광고판 앞에서 본 중년의 쓸쓸한 뒷모습이 전시장 안 유명 인사들과의 관계보다 더 많은 이야기를 해버렸기 때문이었는지도 모른다. 그들의 영롱한 얼굴 사진들을 향한 찬사들이 전시장 밖 길에서 보았던 그 쓸쓸함을 휘발해버릴 것 같기도 했다.

그날 적막하지만 흔들리는 순간을 방해하고 싶지 않아 그 자리를 떠나려다 그의 뒷모습과 유명 인사들 사진을 함께 담아 사진을 한 장 찍었다. 카메라를 가지고 있지 않아서 구형 스마트폰으로 딱 한 장. 한 장이면 충분했고 화질도 중요하지 않았다. 사진하는 사람으로서라기보다 함께 나이들어 가는 왜소한 가장으로서 감흥을 주체하지 못했다고 해두자. 그는 그 순간을 잊었을 것이지만, 굳이 사진까지 찍은 나는 어쩔 수 없이 그 순간의 기억을 생생하게 만지며 살게 되었다. 지금도 가끔 들춰보는 그 사진은 문득 나에게 사진하는 이유인지 의미인지를 물어오기도 한다. 그리고 가끔, '잘 살고 있냐'고……

서울, 2011

그는 벽에 붙은 사진들을 하염없이 바라보고 있었다. 진지한 관객의 자세였다.
퇴색한 저녁의 거리에서 사진 속 인물들은 흑백으로 영롱했다.
오드리 헵번, 무하마드 알리, 테레사 수녀, 어니스트 헤밍웨이, 크리스천 디올,
엘리자베스 테일러, 마크 샤갈….

아카시아 향기와 시간 여행

옆자리에 누군가 와서 앉았다.

잠을 깨운 것은 아카시아 향기였다. 오래전에 느껴본 젊은 사람의 공기가 아카시아 향기와 함께 왼쪽 뺨과 후각을 자극했다. 시선을 돌리지 않은 채 감각만으로 시야의 바깥을 살폈다. 긴 파마머리를 밝은 갈색으로 물들인 여대생쯤 돼 보였다. 아카시아 꽃의 원래 향기는 기억나지 않았다. 아카시아 향이라 이름 붙인 향수 냄새일 뿐이었다. 사람은 무형의 감각적 일들에 이름을 붙여 무형의 기억들과 연결시켜 놓았다. 향기는 달아서 하얀 꽃 흐드러지게 핀 아카시아 숲의 바람소리를 실어다 주었다.

마지막 퇴근길에는 비가 왔다. 20년 넘는 세월 동안 쌓여 이삿짐이 되어버린 짐은 휴일에 조용히 나와 챙기기로 하고 회사를 나섰다. 혼자 나선 마지막 퇴근길의 무거운 하늘을 감당하기 버거워 술을 마셨다. 동료들은 저녁을 함께하자고 했지만, 그 권유가 강하지 않았고, 감당할 수 없는 질문과 나도 알지 못해 부질없을 대답의 시간이 막막해서 다음으로 미루었다. 20년 넘게 술 먹고 놀았던 동네의 아는 술집에서 혼자 술을 마셨다. 자축할 일이었으므로 자축했고, 스스로 회사를 그만두게 하는 대부분의 동기가 위안 받아야 할 이유를 가졌으므로 위안 받고자 했다. 한참을 마신 듯했지만 시간은 더디게 갔다.

버스를 타고 시계를 보니 9시가 좀 넘어 있었다. 덥혀진 차 안 공기에 취기가 올라 술인지 눈물인지가 눈앞을 가렸다. 때마침 제대로 굵어진 빗줄기는 차창에 비스듬히 쏟아져서 바깥 풍경을 가려주었다. 지금 견딜 수 없이 절박하다고 생각하는 동기는 곧 잊힐 것이고, 스스로 선택한 길의, 어쩌면 어처구니없는 현실 앞에 놓이게 될 것이다. 즐거움으로, 증오로 기억은 사람을 힘내고 견디게 해주지만 그것이 얼마나 지속될 수 있을지 알 수 없다. 지난 기억의 끈들을 붙들고, 나는 충분히 누렸음을 자위했다. 오랜 무위와 무력의 시간에 짓눌려 뒹굴며 살아가게 될지, 별것 아니더라도 사소한 행운들이 미래의 길을 찾는 계기를 가져다줄 것인지 알 수 없다. 한숨 늘어지게 자고 싶었지만 꿈을 꾸는 것인지, 연결되지 않고 해석되지 않는 타인의 말들이 귓전에서 맴돌아서인지 알 수 없는 시간이 흘러갔다. 한참이 흐른 것 같았지만 버스는 여전히 서울 시내를 벗어나지 못하고 있었다. 이어폰을 꽂고 노래를 틀고 또 잠을 청했다. 라디

오 헤드와 레드 제플린, 핑크 플로이드는 늘 그 목소리로 노래했다. 상념의 깊이처럼 잠은 가파르고 깊었다. 까마득할 정도의 달콤한 숙면 끝에 눈을 떴지만 경기도 소도시행 광역버스는 여태 경부고속도로 양재 인터체인지 부근까지도 가지 못했다. 다시 아카시아 향기가 비 갠 아침처럼 다가왔다.

옆자리의 젊은이는 앞 유리창에 시선을 두고 그날따라 막히는 길을 담담히 바라보고 있었다. 차 안의 대부분 사람들과 달리 전화기를 만지작거리지도 않았다. 이미 평소 귀가시간의 두 배를 잡아먹고 있었다. 버스 전용차로까지 차들은 코가 닿을 듯이 줄 서 있었고, 승객들은 목을 빼서 앞 유리창 건너편을 눈으로 더듬고 있었다. 고속도로에서 교통사고라도 났을 것이라 짐작들 하는 것 같았다. 나도 그리 생각했다. 그래도 나는 지루하지 않았고, 길어진 시간이 오히려 고마웠다. 무한정 길이 막혀서 너댓 시간을 차 안에서 보내도 괜찮을 듯했다. 아카시아 향기와 젊은 공기 덕분이었을 것이다. 그날 밤 더 이상 서두를 일이 없어져 무감각해진 시간 탓이었을 수도 있다. 이미 잠에서 완전히 벗어난 나는 아카시아 향기 속에 다시 눈을 감았지만 정신은 점점 맑아졌다. 이 절절한 밤이 영원이기를 바랐다. 꿈이라면 아침이 오지 않아도 좋겠다고 생각했다. 결국은 관계를 견디지 못하고, 나의 자아와 신념이란 껍데기인지 알맹이인지 자존심인지 단정할 수 없는 결기로 회사를 뛰쳐나왔다. 22년이 넘게 걸렸다. 내일 아침의 허무를 감당할 수 있을까. 집에 가는 두어 시간 쯤이야 그에 비하면 아무렇지도 않았다. 그녀의 옆모습은 20대 말에 마지막으로 보았던 건강한 대학 후배의 이마를 기억나게 했다. 오랜만에 그 원만한 이마의 곡선을 보았다. 그 후배는 미국 캔자스에 살고 있다고 들었다. '캔자스'라는 지명을 입안에 굴려보았다. 사탕을 깨무는 맛이었다.

꿈처럼 두 시간이 넘어 지나고 고속도로 공사장 옆을 버스는 힘겹게 빠져나가고 있었다. 그 비 내리는 밤에 한국도로공사로부터 공사를 발주 받은 인부들은 차로 두 개를 막고 도로 포장 공사를 하고 있었다. 입의 쓴맛이 느껴졌다. 담배를 줄이느라 갖고 다녔던 무가당 레몬 맛 사탕을 꺼내 물었다. 달았다. 입맛의 기대를 배신하지 않은 사탕 한 알 덕분에 현실의 위치를 짐작할 수 있었다. 종이로 된 작은 사탕 통으로 옆사람의 눈길이 닿는 것이 느껴졌다. 혼자 먹기 미안한 일이었다. "사탕 하나 드릴까요?"라는 물음이 끝나기도 전에 돌아온 "네에~", 발랄한 대답의 끝에는 비음이 섞여 있었다. 처음으로 눈이 마주쳤다. 캔자스 후배보다는 이목구비가 아담했고, 미소는 수줍었다. 사탕을 꺼내느라 통을 살짝 털었더니 노란 사탕 한 알이 통의 입구를 헤집고 나와서 떨어졌다. 그녀의 손 위로 떨어지나 했더니 사탕은 더 굴러서 손을 벗어나 허벅지께로 떨어졌다. 허벅지를 벗어나지 않고 멈췄다. '인디고 블루' 가로 줄무늬 면 티를 입고 있던 그녀는 "아이쿠" 하면서 사탕을 집어 날름 입안으로 던져 넣었다. 그 젊은 기운이 눈물겨웠다. 버스를 내릴 힘이 생겼다. 긴 여행을 마친 기분이었다.

이 이야기는 여기서 끝이다. 무엇을 기대하셨다면 미안하다. 사람에게 시간이란 그런 것이다. 과거는 사람의 생각 속에서 완성되는 무형의 것들이라 과거의 울타리로 들어서는 순간 시간의 길이 따위는 아무것도 아니다. 생각은 집에까지 가는 길 위의 시간을 덮고, 온 지구를 덮고, 우주를 덮어버릴 수 있는 것이다. 아쉬운 분들을 위해 덧붙이자면, 버스를 내린 나는 '내가 내 외연으로서의 사진으로 누군가에게 아카시아 향수 한두 방울 정도의 위안을 줄 수 있을까. 아니면 누군가 절절한 시간을 견디는 데 한 줌이라도 도움을 줄 수 있을까' 하는 생각을 하며 비 그친 밤하늘을 바라보았다는 것이다. 시간은 각자의 것이라 받아들이는 다양한 부피와 변화무쌍함에 대해서는 함부로 말할 수 없다.

몽골 홉스굴, 2017

골목길의 그녀

변변한 화장실 하나 없는 술집들. 과장해서 사과 상자 두어 개 합친 것만 한 카페인지 술집인지가 촘촘히 박혀 있는 광화문 뒷골목.

취객들이 다급한 요기를 해소한 뒤 남긴 냄새가 퀴퀴하게 피어오르고, 여기저기서 치이는 가장들의 무참한 토악질이 뒤엉켜 있는 그 골목에 어느 날 그녀가 나타났다. 칙칙한 담벼락의 흐린 가로등 아래 눈물겹도록 그윽한 미소와 완벽한 몸매를 가진 그녀가 S라인을 뽐내며 그렇게 서 있었다.

한 장의 광고 포스터가 소주 몇 병을 더 팔게 했는지는 모르지만, 허무한 저녁시간에 불황의 골목길을 지나는 외로운 가장들과 사내들에게 그녀가 쥐어준 것은 한 줌의 상큼한 바람. 그렇게 며칠이 흘러가고…… 눈부신 자태로 쿰쿰한 골목을 지켜주던 그녀가 어느 날 사라졌다.

마음 한구석이 휑하니 허전하다. 곰팡이 피고 덕지덕지 때 묻은 담벼락이 우리의 비루한 현실이라면, 신기루처럼 보였다 사라진 그녀는 샹그릴라에서 잠시 이 지상으로 하강한 천사였을지도 모른다. 강퍅한 하루의 담을 뛰어넘는 데 그녀가 잠시 위안이 되어주었다면 그것이 착각이든 환상이든 아무래도 좋다. 희망이라는 사치스러운 단어가 샐러리맨의 원기를 북돋아주고, 축 늘어진 그들을 살짝 흥분시켰다면 더더욱 좋다.

어차피 사는 건 현실과 비현실의 경계가 모호한 시간들을 근근이 더듬어 걸어가는 거니까.

세월이 흘렀다. 지금은 딸 또래인 아이유와 수지가 소주 광고 모델이다. 여전히 광화문 골목 여기저기는 그냥 소주와 과일 소주와 맥주 광고 포스터들이 나붙어 있다. 내 경우 지금의 눈으로 보는 그 사진 포스터들은 기법도 좋아지고 모델들은 더 예쁘거나 귀여워져서 더 현실적이다. 지금도 소주는 마시지만 그런 사진들이 더 이상 소주를 부르진 못한다. 정신과 신체 모두 허무를 자양분으로 삼기에는 식었고, 마케팅도 유혹도 이제 후세대끼리의 관계가 된 듯하다.

서울, 2008

한 장의 광고 포스터가 소주 몇 병을 더 팔게 했는지는 모르지만,
허무한 저녁시간에 불황의 골목길을 지나는 외로운 가장들과 사내들에게
그녀가 쥐어준 것은 한 줌의 상큼한 바람. 눈부신 자태로 쿰쿰한 골목을 지켜주던
그녀가 어느 날 사라졌다.

사진 속의 시간, 사진 밖의 시간

오래된 사진 한 장을 들고 종종 우리는 웃는다. 사진의 어느 장면이나 사람의 행색, 아니면 사진 구석에 있는 작은 물건 하나에서라도 우리의 과거나 들어서 알고 있었던 지나간 사실과의 연관성을 발견하면 그 시점으로 돌아가 한동안 머물 수 있다. 사진으로 하여금 입을 열게 하는 것은 여러 가지지만, 그중 지나간 세월의 이야기, 잊고 있었던 과거의 향수나 기억들이 마음에 일으키는 반향을 빼놓을 수 없다. 그 발견이 재미있어 웃기도 하고 현재와의 거리에서 부질없음을 알고 서글퍼하기도 한다. 웃음과 눈물은 모두 회한에 대한 몸의 반응이다.

회한은 지나간 시간과 사라진 것들에 대해 우리가 어쩌지 못하는 절절한 아쉬움이다. 사진의 실물성이 주는 기대와 신뢰는 우리가 확신하지 못하는 과거의 기억을 실재를 대신해 증명해준다. 그것이 현재의 영향력 바깥에 멀리 존재하는, 우리가 어찌할 수 없는 것들이라는 사실을 일깨워준다. 그리고 한때 존재했던 것들을 대신해 기억의 구체적 증명으로 위안을 준다. 세월이 흐를수록 기억은 기억 속 사실보다는 기억 속 감정을 통해 더 강하게 사람을 잡아당긴다. 무심히 흘려버린 한순간이라 해도 받아들이는 감정에서 무심하지 않은 것들이 뒤늦게 생겨나기도 한다. 오랜 시간이 지나 전해진 편지처럼 감정의 격랑을 일으키는 사라진 것들의 힘이 있다. 말로 할 수 있는 것과 말로 하는 것이 부질없지만 가볍지 않은 것들은 늘 공존한다.

　그리 오래되지 않은 가을에 주변 사람들로부터 오래된 연인들의 사진을 얻어 들고 혼자 산천을 돌아다닌 적이 있다. 오래전 찍은 사진의 장소에서 바라본 현재의 모습을 느껴보고 싶어서였다. 세상보다 무겁기도 하고, 깃털보다 가벼울 수도 있는 인간의 관계, 그것도 연애의 순간이 오랜 시간의 더께가 덮어진 이후 어떤 감정을 불러일으키는 것인지 사진적 단상으로 남겨보고 싶었다. 마음 깊이 품은 누군가의 관계에서 단둘이 찍은 사진 한 장 남기는 것이 큰 기념이고 관계의 수확이었던 시절이 있었다. 아니 그것은 불과 얼마 전 까지도 관계의 설렘을 기록하는 뿌듯한 일이었을 것이다. 지금도 그러지 않은 것은 아니나 그 시절 말할 수 없이 깊은 희소의 가치와는 비교할 수 없다. 이를테면 산천은 의구한가, 사랑은 여전한가 하는 것에 대한 시각적 물음이었고 그 답은 한 장의 사진에서 각자가 느낄 것이었다. 사진이 사진으로 말하고자 하는 것은 말로 정리하기에는 여러모로 어렵다.

사진 한 장 남기는 것이 어려웠던 만큼 그 시절의 사진을 구하는 것도 어려운 일이었다. 찍는 것보다 어렵게 구한 사진들을 들고 그 장소들을 찾아갔다. 사진의 당사자들도 기억하지 못하는 곳이 있었고, 누가 봐도 어딘지 알아볼 만한 곳도 있었다. 전북 정읍 내장사, 충남 대천 해변, 부산 해운대, 경남 거제도, 강릉 경포대 등 그 산천이 의구한 곳도 있었고, 상전벽해桑田碧海 앞에서 막막한 순간도 있었다. 결국은 '사람보다 먼저 변한 산천도 있고, 산천보다 유구한 사랑도 있다'는 자명한 사실이었지만, 그것을 말로 부연하는 것은 부질없는 일이므로 눈으로 보고 사진으로 남겨서 보여주는 것이 사진이 할 일이었다. 36년 전 신혼 첫날 내장사 대웅전 앞에서 찍은 부부의 사진은 계절이 달랐지만 주변 풍경의 윤곽에 아주 잘 들어맞았다. 광주 무등산 리프트를 타고 올라가며 찍은 30년 전 연인의 사진은 철골 구조와 색은 바뀌었지만 느낌은 생생했다. 고장 난 리프트의 도착지인 산꼭대기까지 가파른 언덕길을 해 지기 전에 뛰어 올라가느라 기절할 뻔했지만, 그 위에 올라서는 순간 흡사 내 추억인 듯 반갑고 설렜다. 사진 속 연인은 여전히 웃고 있었고, 인적 없는 산꼭대기는 적막했다. 해운대 해변에서는 30년 전 사진의 연인 옆으로 때마침 지금의 연인이 지나갔다. 내장사 앞마당에는 그때 없었던 나무가 지붕 높이까지 올라가 있었고, 없었던 건물도 새로 지어졌지만 멀리 산의 능선은 그대로였다. 36년 전 사진을 찍어주었던 누군가가 섰을 그 자리에 서서 한 손에 사진을 들고 지금의 풍경과 선을 맞추어 사진을 찍었다. 오랜 세월이 손끝에서 만났다.

내장사를 다녀온 지 3주쯤 뒤, 대웅전은 화재로 전소되었다. 사진은 찍는 순간 이미 과거가 되어 있고, 우리가 사진 찍는 세상의 모든 일들은 그렇게 열심히 사라져간다. 대웅전은 다시 지어질 것이지만 그 풍경은 다시 볼 수 없을 것이다. 사라진 실재를 대신할 수 있는 것은 이제 사람의 기억과 사진뿐이다. 물질의 부재뿐 아니라 사실의 부재와 사라진 사람들의 시간에 대한 아쉬움은 지금 어찌할 수 없고 손 닿지 않은 것들에 대한 안타까움이다. 어쩔 수 없는 것들에 대한 안타까움은 존재하는 귀한 것들보다 때로는 더 무겁다. 사람은 기억의 동물이다. 사진을 하면서 혹은 나이가 들면서 가장 울컥한 것은 내가 모르는 사이 흘러버린 나와 타인의 세월이다. 나의 세월은 내 손에 닿아 있었고 걸어온 길도 기억 속에 남아 있지만, 내가 나의 세월을 견디는 사이 무심히 지나가버린 타인의 세월을 목도할 때면, 이유 없는 연민과 미안함이 생긴다. 어떤 경우 사진의 가치는 실물의 부재로 인해 더 무거워지기도 한다. 사진 찍는 행위의 가장 순수하고 기초적인 동기는 금방 사라질 것들을 어떻게든 잡거나 증명해 놓고 싶은 욕구일 것이다. 사진으로 남았거나 남지 않았거나, 지금 없는 것에 대한 기억은 사람의 심리 속에서 '가질 수 없는 것에 대한 연민'이다. 부재와 세월은 한 장의 사진이 증명하는 순간과 지금의 간극 사이에 많은 이야기를 채워준다. 그래서 사진은 시간의 예술이고, 기억하는 매체다.

스트레이트 사진이라는 개념이 사진의 한 범주로 축소 분류될 만큼 직관적으로 촬영되지 않은 다양한 사진 작법들이 등장했고, 이런 사진들은 그 종류만큼 다양한 논쟁을 불렀다. 디지털 기술을 적용한 여러 사진 기법 또한 시간 개념의 차용이란 측면에서 다양한 갈래로 흩어진다. 사진과 시간의 밀접한 관계는 여전히 여러 사진가들의 작업 결과들을 통해 웅변되고 있다. 그러나 굳이 인위적 형식으로 덧씌우지 않아도 누군가의 오래된 사진은 보는 사람의 기억과 만나 각자의 마음을 헤집는다. 사진의 울림은 때로 지나간 세월에 대한 서러움이나 알지 못하는 사이 와버린 세월이 일깨워주는 부재와 상실이다. 좋은 사진과 잘 찍은 사진은 그래서 많이 다르다. 초년에 모셨던 부장 한 분은 친구 결혼식 흑백 사진을 그 친구의 아들이 고등학교 2학년이 되어서야 전해주었다는 전설이 있다. 오랜 세월이 흐른 후 느닷없는 과거로부터의 선물을 받은 그 친구의 감동은 얼마나 컸을지. 핸드폰으로 찍어서 '카톡'으로 보내주는 즉물적 사진이 안겨주기 쉽지 않은 놀라움일 것이다.

사진의 시간은 사진 안에도 있고 사진 밖에도 있다.

세상보다 무겁기도 하고, 깃털보다 가벼울 수도 있는 인간의 관계,
그것도 연애의 순간이 오랜 시간의 더께가 덮어진 이후 어떤 감정을 불러일으키는
것인지……. 사진은 찍는 순간 이미 과거가 되어 있고,
우리가 사진 찍는 세상의 모든 일들은 그렇게 열심히 사라져간다.

사진가의 '그곳'

"그곳에 가 있었을 뿐이다."

사진을 한다는 이유로 가끔 사진에 대한 당혹스럽고 난감한 질문들을 받기 마련인데, "이 사진 어떻게 찍었느냐"는 조심성 없는 질문에 종종 이런 대답을 한다. 사진가가 할 수 있는 가장 겸손한 말일 것이다. 그러나 나는 겸손을 가장해서 이런 말을 하지는 않는다. 질문의 진의와 원하는 답의 수준을 알 수 없기 때문에 당연한 사실만을 답할 뿐이다. 그것은 겸손하면서 가장 근원적인 말이다. 사진가에게, 아니 모든 사진들에게 그곳에 가 있다는 사실만이 절대적이다. 그곳에서 무엇을 보고 어떤 이야기를 사진으로 남겼는가 하는 것은 상대적이고 개별적이다. 지금은 '직관적 사진'이란 분류의 단서를 달아야 하겠지만, 아무리 대단한 사진가라도 그곳에 있지 않으면 어떤 사소한 사실도 사진으로 남기지 못한다. '그곳'은 반드시 장소만을 말하지는 않는다. 때로는 특정인이나 장소에 닿을 수 있는 자격과 지위를 말하기도 한다. 지위는 사회적 계급으로서가 아니라 남다른 관계에서 갖추어진 여건 같은 것들이다.

버락 오바마 전 미국 대통령의 남다른 모습들을 찍은 사진들을 보면서 많은 사람들이 우리의 통치자에게서는 볼 수 없는 인간적인 모습과 격의 없는 태도를 부러워했다. 백악관 전속 사진가 피트 수자Pete Souza가 찍은 사진들은 통상 권력자 주변에서 만들어지는 장면들과 달리 친근하고 소박하며 '재미있는' 것들이었다. 대통령의 지근거리에 다가설 수 있는 사람은 많지 않다. 그러나 사진가가 그곳에 가 있어도 그런 인간적이고 자연스러운 모습들을 사진으로 담아 보여줄 수 있는 것은 관계와 자세의 문제일 때가 많다. 오바마 대통령은 자신의 친구이기도 한 사진가에게 제한 없는 접근을 허용하고 그런 모습들이 대중에 공개되는 것을 자연스럽게 생각했다. 그것은 사진가의 능력이기도 하지만 대상인 인물의 자세와 공감도 중요한 일이다(비서실에서 철저히 검증하고 관리했다는 이야기도 있지만). 개인의 성향뿐 아니라 그 주변 사람들의 이미지에 대한 인식의 수준과도 관계가 있는 일이다. 그에게 그곳은 대통령의 옆이라는 자리이기도 하지만, 대통령과의 신뢰와 애정의 관계가 더 큰 '그곳'이었다.

사진과 함께 사진가 스스로가 아이돌처럼 유명해진 미국 사진가 라이언 맥긴리Ryan McGinley에게는 대마초 피우고 술 마시며 일탈과 자유의 경계를 뛰어다니는 친구들과의 행각이 그만이 갈 수 있

는 그곳이었을 것이다. 자유와 젊음, 아름다움 등 온갖 찬사로 포장
되고 인기를 얻게 된 것도 결국 그의 길에서 도달하고 얻은 그곳일
것이다. 때로 그곳은 단 한 사람 외에는 아무도 도달할 수 없는 특별
한 지위로서 사진가에게 낯선 세계의 전달자 역할을 부여한다. 사
진은 익숙한 곳에서의 남다른 시각의 이야기를 담거나 낯선 곳에서
의 생소한 이야기를 보여주거나 하는 것이다. 누구나 그곳에 카메라
를 들려 세워 놓으면 이만큼의 사진을 찍어 냈을 것이라 말하는 것
은 사진가의 개별적 시선의 가치를 인정하지 못하는 편협한 시기에
지나지 않는다. 그에게도 이미 사진가로 살아온 세월과 사진으로
도달한 경지가 있었음을 믿는다.

　삶의 대부분이 미스터리로 남은 사진가 비비안 마이어Vivian Maier,
1926-2009의 삶과 사진에 대한 이야기가 파문을 일으켰다. 평생을 보
모와 간병인, 가정부로 살면서 누구에게도 보여주지 않고 사진을 찍
어온 그의 사진들은 세상을 떠난 후 뒤늦게 알려졌다. 그의 사진은
깊고 때로 명확하다. 그는 세상 사람들과 쉽게 섞이지 못하고 폐쇄
된 생활을 한 것으로 알려져 있지만, 사진으로는 세상의 일들을 당
당히 직시하고 자기의 시각으로 표현할 줄 아는 능력을 가졌다. 남
은 사진들이 그 사실을 명징하게 이야기한다. 그는 어떤 자격이나
지위로서 사진의 자리에 가지 않았다. 그저 길을 나서(때로는 돌보는
아이들과 함께) 어디에서나 사진을 찍었다. 수십만 장의 사진과 필름

을 남기고 세상을 떠난 그의 명쾌하고 아름다운 작품들은 사진가에게 사진을 찍기 위한 그곳이란 무엇인가 하는 질문을 던진다. 대단한 장소나 순간들을 찾아다니지 않았음에도 그의 사진에는 시대와 인간을 객관적이고 명쾌한 시선으로 바라본 흔적이 가득 담겨 있다. 개인적 행보는 시간의 벽을 넘어 시대의 말로 읽힌다. 세상의 당연하지만 엄중한 일들과 사람의 관계를 과장되지 않은 객관의 시선으로 명쾌하게 담았다. 피터 수자가 열정적으로 일하는 사진가라면, 그는 눈앞의 일들이 초래한 마음의 격랑을 담담히 누르고 차분히 셔터를 누르는 사진가였을 것이다.

나에게 그곳들은 직업(사진기자 또는 사진작가)이 그때 그때 점지하는 내 일의 자리였다. 일의 자리에서 일의 카메라를 내리는 순간, 그곳은 또 다른 사진의 자리였다. 일의 자세를 벗고 시선만 돌리면 주변의 모든 우연들이 내 사진의 그곳이었다. 세상의 아무것도 아닌 순간과 일들이 내 눈으로 들어왔다. 목적이 있는 자리와 시간이었지만 일에서 벗어난 그곳에서 만난 많은 목적 없는 우연들이 나의 그곳이었다. 나도 한동안 국가 최고통치자의 행보와 주변에서 일어나는 일들을 사진 찍고 대중에게 보여주는 것이 소임이었던 적이 있었다. 나는 그곳에서 맡겨진 일과 더불어 나의 눈으로 '관계'에 대해 관찰하고 사진으로 무엇인가 하고자 했다. 국가와 국가 간에 벌어지는 일들과 그사이의 관계들은 일반적으로 언론을 통해 접하는 세계 이외에 대중에게 보여지지 않는 사소한 뒷모습들이 있다. 보여지도록 포장된 순간이나 그렇게 보여질 수밖에 없는 순간들의 전후, 그 속에서 한순간 나타나는 예기치 않은 움직임들을 사진으로 표현해보는 데 관심이 있었다. 제도적 사진의 앞뒤 순간들은 대중에게 생소한 것들이고 오히려 그것들이 더 본질에 가까울 수 있다는 생각이었다. 정리된 외교나 관례의 순간이 아닌 그 앞뒤의 흐트러지거나 어수선한 모습들 속에서 '관계의 형식'이란 뭔가를 말해보고 싶었다. 결국 그 사진들은 어떤 이유로 해서 보여지지 못했지만, 그곳에서 나는 무언가 하기 위해 운신할 수 있었고 그것만으로도 의미 있었다. 눈을 돌리고 주변을 둘러보기만 해도 그곳에 나의 이야기는 넘쳤다. 대중에게 알려지고 사진으로서 작용하는 것은 그다음의 일이다.

지금도 새로 발견되어 처음으로 이름 붙여지는 우주의 별들은 발견되는 '그때 천문가가 어디를 보고 있었는가'의 문제가 가장 중요하다(빌 브라이슨, 『거의 모든 것의 역사』, 까치). 그곳에서 어떻게 반응하는가가 사진가의 일이다. 사진의 그곳은 내가 도달하고 반응할 수 있어서 완성된다. 어디에 도달하는 것 못지않게 중요한 것은 그 자리가 어디인지를 아는 것이다.

러시아 힐로크, 2016

그곳에 가 있었을 뿐이다……
아무리 대단한 사진가라도 '그곳'에 있지 않으면
어떤 사소한 사실도 사진으로 남기지 못한다.
그곳은 반드시 장소만을 말하지는 않는다.

"저…, 뿔 좀 차주실래요?"

　　직장 회식자리에서 소주 두어 잔만 들어가면 꼭 군대 이야기를 꺼내는 선배가 있었다. 서울 송파구 거여동에 있었던 어느 부대 신병교육대 조교를 지냈다는 그 선배, 평생 방위라고 불리는 단기사병 출신이다. 노골적으로 군대 얘기(아니 방위 얘기) 좀 그만하라고 대들기도 해봤지만, 그가 신병교육대를 수료하던 날 주임상사가 두 번이나 불렀는데 딴짓하느라 대답을 못해 턱이 돌아가도록 따귀 맞은 이야기는 춘하추동 청탁불문 술만 들어가면 계속되었다. 그럴 때는 들은 척하지 않고 다른 화제에 집중하는 방법이 제일이다. 또 하나, 훈련병 시절 조교가 〈멸공의 횃불〉 아는 사람 손들라고 했을때 "저요!" 했다가 마지막 네 마디(즉, '멸공의 횃불 아래 목숨을 건다')를 처음부터 부르고 나니 생각나는 것이 없었고, 그때까지 그는 그 노래가 그것보다 더 길다는 사실을 몰랐단다. 훈련소에서 가장 큰 죄 중 하나인 '훈련병 주제에 아는 척'을 해서 워커 발에 짓이겨지듯 맞았다는 이야기. 이 두 이야기는 평소 말이 상당히 많은 편인 그가 퇴

직할 때까지 15년 동안 200번은 족히 들었다. 때와 자리를 가리지 않고 나서는 게 그의 평생 일이었다. 이미 식상하고 식어 빠진 그의 이야기가 시큰둥해질 무렵 가끔 역시 방위 출신인 후배가 '간첩 잡은' 이야기를 꺼낼 때도 있지만, 그때쯤 분위기는 먹다 남긴 삼겹살 쪼가리들처럼 딱딱하게 쪼그라들고 파장罷場의 시간이 된다. 결국 남자들끼리의 대화를 방해하는 것이 남자들의 군대 이야기다.

나와 마찬가지로 지금은 대부분 회사를 떠났지만, 한참 멸공의 횃불을 들어야 했던 당시 우리 부서에는 3년 동안 포砲 구덩이만 파다가 제대했다는 부장, 카투사 운전병, 미군부대 신문을 만들었다는 선배, 장갑차병이라 우겼지만 취중에 정체를 실토한 취사병, 보병부대 운전병, 전투경찰, 전방 부대 보급계, 성공적인 대간첩작전 수행으로 유례없이 병장으로 제대했다는 향토사단 본부대 방위, 그리고 군 경력 자체가 국가의 안위를 좌우할 수 있는 일급비밀이라 말할 수 없다는 선배 등등 다양했다. 그러나 단 한 번의 예외도 없이 군대 이야기는 주임상사의 따귀, 혹은 멸공의 횃불에서 시작했다.

군대는 80년대에 군사정권 타도를 외치던 우리 세대에게 아이러니하게 도피처이기도 했다. 운동권이었던 친구들, 운동권 아니었던 친구들 모두 2학년을 마치고 나니 하나 둘 군대를 가겠다고 했다. 불과 몇 달 전까지만 해도 '온몸으로 싸우다 산화'할 것이라 떠들던 친구들이 너도나도 휴학했다. 슬그머니 사라진 친구들은 고마웠다. 휴학을 하고 입대 날짜를 기다리며 목적의식 없이 여기저기 거들고 다니던 친구들이 한둘이 아니었다. 길게는 1년이 넘도록 반백수처럼 학교를 어슬렁거리는 친구들은 보기에 안타까웠다. 솔직히 말하자면, 군대 갈 생각도 못하고 어영부영 학교를 다니는 둥 마는 둥했던 나도 다를 바 없는 부류였다. 목적의식 없는 것은 휴학한 그들이나 학교 다니는 나나 마찬가지였다. 그리고 종종 선후배들이 어울린 술자리에 나타나서 '언더'라서 정확히 소속을 말할 수는 없다던 그 선배. 1년 사계절 검게 물들인 군용 야전상의 한 벌만을 입고 다녔고, 신입생들이 대학의 낭만 어쩌고 철없이 한 이야기를 "사회의식 없는 것들…"이라고 비웃으며 '님을 위한 행진곡'을 턱에 힘주고 부르던 선배도 2학년을 마치고 나니 사라지고 없었다.

제대 후 청바지에 검정 티셔츠로 돌아온 '검은 야상'은 전혀 다른 사람이 돼 있었다. 애초에 친할 일도 없었던 선배지만 그래도 얼굴을 못 알아볼 리 없는 그는 우리를 완전히 모른 척했다. 아니면 정말 그가 '빡센' 군대생활을 하며 모든 기억을 잃어버렸을 수도 있다. 그 주변의 친구들도 모두 다른 얼굴들로 바뀌어 있었다. 우리가 아는 그의 친구들은 한 명도 없었고, 그는 하루 종일 도서관에서 취직 공부를 하거나 운동장에서 족구를 했다. 과장하자면 내가 학교에 나간 날 그가 운동장에서 족구를 하는 것을 보지 못한 날은 단 하루도 없었다. 그는 보통 운동장에 섰다 하면 두어 시간을 족구로 보냈다. 넓은 운동장이 귀한 전방 부대 근무를 하면 비교적 공간을 덜 차지하고 공이 멀리 날아갈 위험이 적은 족구를 많이 한다. 아니 대부분 군인들은 어떤 신발 어떤 준비도 없이 쉽게 할 수 있는 족구를 선호한다. 족구 인구의 9할은 군인일 것이다. 어느 날 운동장 옆 계단에 앉아 무심하게 사람들 공놀이하는 것을 보고 있던 내 앞으로 그가 날린 축구공이 날아왔다. 그가 나에게 걸어오며 느릿하게 한마디 했다. "저…, 뽈 좀 차주실래요?" 그가 어느 부대에서 군대생활을 했는지는 모르겠지만, 족구는 그에게 이식된 새 신체 일부였고, '님을 위한 행진곡'은 절개되어 버려졌다.

대학 친구 중에 말도 느릿느릿하고 도수 높은 안경 너머로 눈만 껌벅껌벅, 있는지 없는지 모를 친구가 있었다. 드물게 막걸리 한잔 먹으러 모인 자리에서도 그가 가장 크게 내는 소리는 막걸리 넘어가는 소리였던 친구. 이야기 제대로 해 볼 기회가 없어 잘은 몰랐지만, 순수하고 진지했던 그는 대학 2학년을 마치고 사라졌다가 한 10개월 만에 군복 입고 학교에 나타났다. 전방 어느 부대 마크를 단 군복을 후줄근 입고 앉아서 대학 본관 건물 옆 계단에 앉아 담배를 피우고 있었다. 가까이 가보니 그는 예의 느린 입놀림으로 오월가五月歌를 흥얼거리고 있었다. 그 때가 5월이었다. '저것이 노래도 하네?'라고 생각하고 반갑게 악수를 청할 때도 그는 흥얼거림을 멈추지 않았다. 이때 뒤따라오던 선배가 "너 (군대서) 보직이 뭐냐?"고 물었고, 그는 바닥에 침을 한 번 '칙' 뱉은 뒤 답했다.

"땅갬다, ○○!" 마지막 'ㄹ'은 입천장에 차지게 감겼다.

3학년을 마치고 내친김에 졸업까지 한 뒤 놈들이 복학하기 전에 군대를 갈까 했지만 사정이 여의치 못했다. 그놈의 학점이 문제였다. 결국 3학년을 마치고 서울 올림픽을 앞둔 초여름 논산 훈련소로 입대했다. 휴학을 해놓고 언제 징집영장이 나올지도 모르고 주야장천 환송회라며 일 년 내 술에 절어 살던 친구들도 모두 입대한 뒤라 '나 군대 간다'고 이야기할 데도 별로 없었다. 그리고 지방의 육군 사단에서 큰 고생 없이 지루한 군대생활을 했다. 제대한 다음 날 짐을 싸서 서울로 왔고, 그다음 날 복학원서를 내고 신학기 수업을 들었다. 친구들은 달라졌고, 목적의식도 분명한 표정으로 바뀌어 있었다. 그것이 군대 때문인지 세월 때문인지는 모르겠지만, 그들은 주로 도서관에서 공부하고 휴게실에서 취직에 관련된 건설적인 잡담을 하고 때로 취직을 위한 '그룹 스터디'도 하고 있었다. 한 친구는 적응 못하고 있을 나를 위해 충고를 아끼지 않았다. 토플은 역시 '이재옥'을 보아야 하고 '잉글리쉬 얼라이브' 테이프는 학교 근처 어학사에서 개당 2천 원씩 받고 복사해준다고 했다. 중고 TV도 한 대 사서 늘 AFKN을 틀어놓고 있으라고 덧붙였다. 군대가 사람 만든다는 어른들의 이야기가 옳았다. 고마웠다.

어쨌든 나도 달라졌다. 남들처럼 도서관에 처박혔다. 그랬지만 이 재옥도 무시했고 잉글리쉬 얼라이브도 외면했다. 취직 공부 도서목록에 들어 있는 책은 단 한 권도 사거나 읽지 않았다. 학교 도서관에 있는 소설책들을 쌓아놓고 읽었다. 현대물 고전물, 국산 외국산 가리지 않고 그럴듯한 제목은 다 가져다 읽었다. 입대 전에는 통속 소설책 읽는 것도 반민중적이라며 손가락질들 했지만, 그런 것 의식할 필요 없는 것도 예비역의 혜택이었다. 수업 열심히 듣고 소설책 열심히 읽고 아르바이트 해서 열심히 돈 벌면서 남은 1년을 보냈다. 종종 옛정을 생각해 모여 밥이라도 먹을라치면 군대 이야기들이 스멀스멀 나오기 시작했다. 우리도 군대 이야기나 시시콜콜 하는 세대가 된 것이다. 제대한 지 몇 달 되지도 않았지만 군대 이야기는 아무리 가까운 친구 사이라도 짜증 났다. 많은 남자들에게 내 군대 이야기만큼 신나는 것도 없지만, 남의 군대 이야기 들어주는 것만큼 지루한 일도 없다는 것을 세상 남자들이 좀 알았으면 한다.

친구들에게 신문사 사진기자 시험 2차 실기까지 통과했다는 이야기를 한 것도 예비군 훈련 자리였다. 학생이라 훈련장까지 가지 않고 학교 운동장에서 직장예비군 훈련을 받았다. 이야기를 들은 친구들의 반응은 다양했으나 대부분 이해하지 못했다. 한 친구는 "네가 왜 거기 갔었어?"라고 물었다. 종일 소설책이나 뒤적이고 있던 놈이 신문사 시험을 봤다니 그럴 만도 했다. 그들은 내가 사진을 한다는 사실도 모르고 있었고, 아무도 내가 그다음 면접시험까지 통과할 것이라 생각하지 않았다. "그쪽은 다 중대(중앙대 사진과) 판이래매?"라는 친구의 의도가 짐작되는 질문에는 답하지 않았다.

낮은 포복 시늉을 하고 있는데 갑자기 주변이 소란해져 고개 들어 봤더니 운동장 바로 옆으로 화사한 차림의 여학생 수십 명이 걸어가고 있었다. 한 오백 명 되는 예비역 병장과 상병과 일병들은 일제히 그쪽을 쳐다보며 환호성을 질렀고 흥분한 일부는 휘파람을 획획 불어댔다. 학력이고 인격이고 재산이고 상관없이 예비군복 한 벌로도 복제인간이 된다. 신입생 때부터 매일 들어오고 써댔던 말대로, 하나가 된다.

서울, 2013

피지 난디, 2013

part 3

빛 의 언 어

짧은 순간을 위해 필요한 긴 시간

이건 사진을 찍기 위한 도구 즉 카메라에 관한 이야기지만, 딱히 기계 이야기가 아니기도 하다. 사진을 찍기 위해서는 당연하게도 먼저 사진의 도구에 대해 잘 알아야 한다. 카메라는 물론 렌즈와 조명(플래시라고 쓰겠다) 같은 기계에 대해 잘 이해하고 다루는 것은 가장 먼저 해야 하는 일이다. 표현의 도구로서, 필요한 기계적 메커니즘을 이해하는 것은 문자의 자음과 모음을 아는 것만큼 기본적인 일이다. 늘 기술보다는 감각과 생각이 중요하다고 말하지만, 그것은 사진의 기본을 안 이후의 일이다. 특히 조명을 다루는 일은 늘 조심스럽고 어렵다. 사진을 어지간히 찍어본 이후에도 마찬가지다. 몸을 움직여 사진의 장소에 있어야 하는 입장에서는 무겁고 거창한 조명 장치들을 끌고 가서 설치하고 터뜨리는 것보다 카메라에 달아서 쓰는 외장 플래시(스트로브라고도 부른다)의 도움을 받는 일이 간편하고 충분할 때가 많다. 빛은 있음과 없음으로 사물에 작용하고 사진에 남지만, 사진가가 그 빛을 능동적으로 다루고 깊이 사진에 개입

시켜야 할 순간들이 있다. 필요한 빛을 인공적으로 만들어서 사물을 포장하는 일 또한 사진 찍는 사람들의 할 일이다. 물론 요즘 장비들은 영특해서 기본 설정 방법만 이해하면 많은 것들을 기계가 알아서 해준다.

필름이나 센서 앞에 셔터 막이 있는 SLRSingle Lens Reflex 방식의 카메라는 플래시의 빛을 전체 프레임에 받아들이는 한계시간이란 것이 있다. 초년에 썼던 카메라는 60분의 1초보다 짧은 셔터 스피드로 사진을 찍을 때는 플래시의 빛이 전체 사진에 닿지 않았다. 플래시를 쓰려면 60분의 1초보다 긴 시간 노출로 사진을 찍어야 했다. 요즘은 카메라들의 작동 속도가 빨라져서 250분의 1초라는 짧은 시간에도 플래시를 온전히 쓸 수가 있다. 그보다 더 고속으로 셔터를 설정하면 똑똑한 카메라는 '동조(카메라 셔터가 열리고 플래시의 빛이 동시에 센서나 필름에 닿는) 속도'인 250분의 1초로 셔터 스피드를 스스로 낮춰버린다. 이유는 카메라의 셔터 막이 완전히 열리는 최단 시간은 250분의 1초이기 때문이다. 내가 쓰는 카메라 회사의 최신형 기계는 300분의 1초까지 구현이 가능하게 됐다. 더 짧은 셔터 스피드는 셔터막이 완전히 열리기 전에 열리는 반대쪽으로 하나 더 달린 셔터막이 닫히기 시작하는 것이다. 고속으로 갈수록 셔터는 부분적으로 열리고 다른 셔터 막(후막이라고 한다)이 따라오면서 빛을 가리는 일을 한다. 몇천 분의 1초처럼 아주 짧은 순간은 후

막이 따라오는 시간이 더 짧아서 셔터 막의 일부만 가늘게 열리고 사진 프레임의 위에서부터 아래로(혹은 그 반대로) 순차적으로 빛을 받아들인다. 카메라의 플래시 최고 동조 속도보다 짧은 셔터 스피드는 그 시간만큼 셔터 막이 열리는 것이 아니라, 센서 혹은 필름에 도달하는 광량의 합이 그만큼이란 뜻이다. 고속 촬영의 경우 실제로 셔터는 한 순간도 완전히 열리지 않는다. 오래전 기계식 카메라를 쓸 때는 셔터 스피드 설정을 빠르게 한 채 플래시를 쓰다가 사진의 절반에만 플래시 빛이 닿아서 망치는 실수를 종종 했다. 필름 안 넣고 사진 찍는 실수보다는 재앙의 규모가 작긴 하지만, 결정적인 순간의 사진을 망치는 낭패는 사진하는 사람 누구나 종종 하는 실수였다.

역설씩이나 들먹일 이야기는 아니다. 카메라와 플래시가 알아서 하는 일이지만, 달리 생각하면 동조 속도 이상의 빠른 셔터 스피드로 촬영한 사진은 그 윗부분과 아랫부분의 장면이 다른 순간의 모습이라는 생각을 할 수 있다. 물론 그것이 250분의 1초보다 짧은 차이이긴 하지만, 한 장의 사진에 다른 순간의 모습이 찍히는 것이다. 저속의 셔터 스피드 사진은 결국 센서나 필름에 닿은 빛이 동일한 순간일 수 있지만, 고속일수록 더 다양한 시간차를 기록한다는 것이다. 그것이 역설이다. 살아가는 데는 물론 사진 찍는 데 몰라도 관계없는 아무것도 아닌 역설.

카메라에 달리는 플래시로, 더 빠른 셔터 속도로 사진을 찍는 것도 지금은 가능해졌다. 플래시에 내장된 '고속 동조' 기능이 두 번째 역설이다. 플래시가 '퍽'('번쩍'이 아니다) 하고 빛을 내는 순간은 아주 짧다. 250분의 1초보다 더 짧은 순간이다. 셔터가 열려 있는 그 순간보다 짧은 순간 플래시의 빛은 온전히 카메라 센서의 사각형 프레임에 골고루 도달해야 하기 때문이다. 그런데 고속 동조의 경우 플래시의 발광 시간이 더 길어야 한다. 셔터가 부분적으로 열리기 때문에 셔터 막이 열린 부분이 사진 프레임의 위에서 아래까지 내려가며 빛을 받아들이는 동안 플래시도 '길게' 발광해야 되는 것이다. 당연히 배터리 소모량이 많다. 대부분 플래시의 이 기능은 사용자가 설정해주면 카메라 셔터 스피드도 동조 한계속도 이상으로 높일 수 있게 된다. 더 짧은 순간을 담기 위해서 더 길게 빛을 비추어야 하는 것이다.

한 장의 사진에 다른 순간의 장면들이 공존하는 것과 더 짧은 순간을 담기 위해서 더 길게 빛을 발해야 하는 플래시. 아무것도 아니라서 몰라도 사진 찍고 사는 데 아무 지장 없는 이야기지만, 흘러가는 시간과 현재라는 복잡한 의미를 생각해보자니 이런 역설을 새삼 깨닫고 웃을 일이 있었다. 잠시, 한가한 날들이어서 오묘한 시간의 문제에 대해 생각해보았다.

경남 남해, 2011

빠른 셔터는 사진 속 나비의 움직임을 정지시켰고,
길게 발한 플래시 빛은 정지된 순간과
날개의 움직임을 함께 보여주었다.

창이라는 시간의 통로

해는 막 지평선 너머로 사라졌지만 세상에는 낮의 빛이 아직 묻어 있다. 길가의 식당들과 카페와 골목길 누군가의 집, 그리고 지나가는 차들의 실내에 등이 켜진다. 이미 켜져 있었던 등이라도 사람들은 이 무렵부터 불빛들을 지각하기 시작한다. 빛을 받은 내부의 모습들은 어두워진 바깥으로 창의 모양과 크기만큼 환하게 내비친다. 불 켜진 누군가의 창문은 각별하고 아련하다. 낮과 완전히 단절된 시간은 아니니, 외부와의 격리도 느껴지지 않는다. 현실과 현실 저편의 이야기가 겹쳐진 듯한 공존과 교류의 시간이다. 창 밖에 남은 빛은 여전히 낮을 말하고 싶어 하지만, 불 켜진 창 안은 이제 저녁의 이야기를 시작한다. 낮과 밤이 서로 손을 건네는, 만남의 시간이다. 보통은 하루가 끝나는 때로 알지만, 사실은 하루의 절반인 밤이 시작되는 경계의 시간이다. 하루가 힘들었을 누군가는 "드디어 하루가 갔다"고 잠시 안도할 것이고, 밤에 뭔가를 시작하는 사람들은 아직 남은 다른 하루를 직시해야 하는 때다. 다소간 과장된 인공조명의 색조는 창 너머의 존재 하나 하나를 친절히 어루만지고 그 모든 것들을 주인공으로 이름 불러줄 것만 같다. 창밖의 길과 건물과 나무들이 무채색으로 변해가는 동안, 불 켜진 창 너머는 독보적으로 유채색이어서 현실과 상상 사이 어디쯤 있는 다른 세계의 이야기처럼 보이기도 한다. 불 켜진 창문은 그들만의 독립된 작은 세계가 안정적으로 작동하고 있음을 말한다.

퇴근길, 아침에 집을 나선 이후 한나절 동안 부쩍 수척해진 얼굴들은 불 켜진 버스 안에서 무심히 창밖을 내다보면서 집으로 가는 어둑어둑해진 길을 더듬을 것이다. 낮에는 창밖을 바라보기 위한 창이라면, 이 시간 이후로 차창은 밖에서 안을 바라보는 관객들을 위한 프레임이 된다. 각각의 얼굴들은 그들이 지나온 하루를 말한다. 길고 버거운 시간이었거나 기억나는 아무 일도 없었거나, 그들의 무표정은 그들이 지나온 수많은 하루들이 희석된 평균의 얼굴이다. 혼자인 그들의 얼굴은 사실은 집단적이다. 나는 그들 각각의 이야기들을 상상한다. 그러나 내 현실이 아닌 상상만으론 구체적 얼굴을 담지 못한다. 목격되지 않은 개별적 이야기들은 보편적으로 창백하고 힘겹다. 때로 그들의 얼굴이 내 얼굴로 대체되기도 한다.

골목길, 불 켜진 창 안에선 누군가 먼저 집에 와서 가족을 기다릴 것이다. 혼자 사는 누군가는 쓸쓸한 저녁을 차리기도 할 것이다.

쉽게 상상할 수 있는 보통의 저녁 뒤편으로 누구도 알 수 없는 그들만의 이야기들이 제각각 흘러간다. 사각의 창틀은 보호받고 있다는 안정감을 준다. 독립된 작은 우주로서의 공간 속엔 이야기와 온기와 여백이 있다. 존재하는 세계들 자체가 경이로운 것이지 그 안에서 실제로 어떤 말과 일들이 오가는지는 중요한 것이 아닐 수도 있다. 그 안의 이야기는 차라리 상상의 영역이다. 창 너머의 세계는 존재하는 사실만으로 사람의 마음을 건드린다. 창 안쪽의 세계는 보이면 보이는 대로, 보이지 않으면 보이지 않는 대로 자신의 세계에 대해 밤새 말할 준비가 되어 있다. 말로 옮기기 어렵지만, 뭔가 하고 싶거나 어딘가 가고 싶게 하는 동력을 유발하는 것도 그런 순간이다. 빛은 사람의 정신을 시간의 저편으로 데리고 가는 통로가 된다.

저 창문 너머 반대편 창문으로 나가면 그 창문이 출구가 되어 다른 시간의 다른 창밖으로 갈 수 있을 것 같을 때가 있다. 상상 속의 출구인 반대편 창문은 대부분 과거 언젠가 내가 밖에서 바라보았던 그 창문들일 것이다. 시간의 통로를 지나는 것은 보이지 않는 것을 보고, 잡히지 않는 것을 잡는다는 감각을 이해할 수 있을 때의 일이다. 상상 저편에는 내가 직접 서 있었던 적 없는 창도 있다. 그것은 에드워드 호퍼Edward Hopper, 1882-1967의 그림 밖에서 바라본 창이라 해도 괜찮다. 에드워드 호퍼는 화가의 이름이지만, 이름으로부터 파생된 온갖 시각적 상상이 만든 형용사이거나 추상명사이기도 하다. 경계의 시간과 쓸쓸한 창의 빛 같은 것들이다. 비범한 순간들을 표현하는 여러 시각적 말들은 가볍지 않다. 뭔가 잘못되었거나 뭔가 말해줘야 될 것 같은, 그러나 겉으로는 무심해만 보이는 인간들의 희로애락도 그렇다.

불 켜진 창문들은 긴 서간체 소설을 구성하는 하나하나의 편지들처럼 각기 다른 빛을 낸다. 어스름 저녁, 버스나 전철 안의 얼굴들은 모두 다른 빛을 지닌 편지의 발신자이면서 수신자이다. 나는 이런 무렵 낯선 도시에서 드물게 그 순간들을 사진으로 찍기도 했다. 어둠은 카메라의 셔터 스피드를 떨어트린다. 느려진 셔터 스피드의 카메라는 모든 움직임들을 정지시키지 못한다. 나는 구태여 감도를 높여 그들의 행로를 사진 속에 정지시키려 하지 않는다. 움직이는 그들과 같은 속도로 카메라의 프레임이 움직이면 움직이는 것들은 사진 속에서 정지하고, 정지된 것들은 움직인다. 그 사진 속 정지된 사람들에게 나는 그들이 주인공이라 말하고 싶어진다. 사진의 말이 소리를 내는 언어와 같을 순 없지만, 나는 사진으로 그들의 무심한 순간들을 어루만지려 한다. 누군가를 보듬는 위로의 목소리처럼. 피로한 내 얼굴을 어루만지듯 자기 연민으로 사진을 찍는 시간이 있다. 상상할 수 있어야 설렘도 있다. 그들의 이야기는, 그들의 이야기에 그치지 않고 완성되지 않은 나의 이야기가 되기도 한다. 여기서 이야기란 대개 이런 것이다. 사람과 사람의 공간들은 아무리 좁아도 독립된 저마다의 우주를 가진다는 것. 인간은 외로운 존재라는 것, 외로워도 빛나는 우주라는 것. 듣는 사람 없고 쓸쓸해서 다행인 이야기들이 있다.

움직이는 그들과 같은 속도로 카메라의 프레임이 움직이면
움직이는 것들은 사진 속에서 정지하고 정지된 것들은 움직인다.
그 사진 속 정지된 사람들에게 나는 그들이 주인공이라 말하고 싶어진다.

빛의 여행

어제가 없었던 날……

천문학자이기도 한 벨기에 사제 조르주 르메트르는 빅뱅의 순간을 그렇게 불렀다(로렌스 크라우스, 『無로부터의 우주』, 승산). '어제가 없었던 날'로부터 빛은 넓고 넓은 우주를 여행하고 있다. 우주의 모든 사물은 빛에 의해 그 모습을 드러내고, 세상도 빛을 통해서만 그 고유한 형태를 보여준다. 우리가 보는 모든 것들의 외형은 스스로 빛을 발하거나 빛이 그곳에 닿아서 다시 우리의 눈으로 도달한 모습이다. 시간은 물리적 존재로서 이동하는 것일 수도 있지만, 그 자체로 '아무것도 하지 않음' 혹은 '없음'으로 인식되기도 한다. 변하고 움직이는 우주 만물이 시간을 증명하기 위해 존재하는 것처럼 보이기도 한다. 어느 쪽이든 빛은 멈춘 적 없이 꾸준히 흘러왔고 흘러간다. 빛은 보이는 모든 것들과의 거리만큼 이전의 모습을 우리에게 보여준다. 그래서 보이는 모든 것들은 그 거리만큼 과거의 모습이다. 빛은 모든 방향으로 직진하고 부딪히며 산란하고 반사되어 세상을 덮는다. 초고도의 중력은 빛을 끌어당기고 휘게 한다고도 하지만 우리에게 도달하는 가시可視의 빛은 그렇다. 빛은 모든 것들의 형상을 담고 이동한다. 수만 광년 떨어진 천체의 모습이나 눈앞의 사람이나 과거의 모습을 담아 배달하는 것은 마찬가지다.

'허블 울트라 딥 필드Hubble Ultra Deep Field'라 불리는 사진이 있다. '허블의 어마무시 깊은 영역'이라는 이 사진은 이름뿐 아니라 내용도 '울트라'하다. 이 사진은 2003년 9월 3일부터 2004년 1월 16일까지 우주에 떠 있는 허블 망원경으로 화로자리의 일부 영역을 촬영한 것을 말한다. 우주망원경으로도 제대로 관측되지 않는 아주 미세한 머나먼 우주의 가시광선만을 촬영했다. 허블 망원경은 이 기간 동안 지구를 400회 공전하며 800번을 같은 각도로 촬영했고 이 사진들을 합쳐서 도합 노출 시간(엄밀히 다르지만 편하게 '셔터 스피드'라고 하자) 11일짜리 사진을 만들었다. 우리가 손에 든 카메라로 다양한 표현법을 익히듯이 과학과 기술은 사진을 이렇게 찍기도 한다. 이 사진에는 우주의 끝에 존재하는 1만여 개의 은하가 육안으로 식별할 수 있도록 찍혔다. 130억 광년(결국 시간과 거리의 개념은 통한다) 머나먼 우주의 빛뿐만 아니라 그사이의 막대한 시간들이 중첩되어 있다. 어떤 별들은 까마득한 과거에 모든 것이 사라졌지만, 지나간 이야기는 빛으로 남아 지금의 모습으로 전해진 것이다. 인간의 상상력과 과학은 그런 것들을 해독한다. 지금 우리는 태초의 순간에서 그리 멀지 않은 과거를 현재에서 본다. 이렇게 사라지지 않은 과거도 존재한다. 인간의 지식이 거슬러 올라갈 수 있는 최고最古의 과거가 우주 생성의 순간까지 닿아 있는 시대에 우리는 살고 있다. 이 위대한 사진들의 또 한 가지 각별한 점은 사진 한 장에 초기 우주의 모습뿐 아니라, 망원경의 화각에 들어와 함께 사진 찍힌 훨씬 더 가까운 우주, 이를테면 몇억 광년밖에 떨어지지 않은 곳에 존재하는 은하들까지 한 장의 사진에 공존시킨다는 사실이다. 까마득한 과거와 이보다 '그다지' 오래되지 않은 과거의 여러 시간들이 중첩되어 있다. 각자 은하의 별들이 발산하는 빛은 각자의 시간에 각자의 자리에서 출발한 여러 과거들로 우리에게 지금 도착한 것이다. 불멸의 빛과 막중한 공간은 시간마저 압축했다. 시간은 직진하므로 그냥 순서대로 과거에서 현재를 거쳐 미래를 향해 지나갈 것이라는 통념 또한 무한에 가까운 우주에서는 얼마나 소박한 생각인가. 빛은 까마득한 과거에서 현재로, 멀고도, 멀고도 더 먼 공간을 지나서 여기 우리에게 닿아 있는 시간과 공간의 중첩된 기록이다. 빛으로 인해 우리는 존재는 물론 시간까지 보고 남긴다. 우주적 시간과 빛으로 만들어진 한 장의 사진은 허블 망원경 같은 엄숙한 이름의 기계로만 이루어지는 것은 아니다. 우리가 사진 찍는 모든 눈앞의 순간들이 사실은 우주의 시간과 빛으로 이루어진 과거의 집합체인 것이다. 사람은 보이는 모든 것을 현재로 인식할 뿐이다. 현재는 쌓여서 또 과거가 되고 우리의 미래에 영향을 미치고 존재를 이어간다.

우주와 근원과 역사를 이야기하고자 함은 아니다. 그것은 천문학자들이 할 일이다. 나는 결국 사람 이야기를 하기 위해 머나먼 우주의 근원을 들먹였다. 사진의 기본 재료인 빛을 이야기하기 위해 우주를 끌어들였다. 그리고 사람이 인식하는 과거와 현재와 미래를 연결하는 매개로서의 사진 이야기를 빛과 시간의 이름을 빌려 하는 것이다. 규모나 차원을 비교하는 것은 무의미하지만 멀리서 도달한 빛과 시간과 나와 그사이의 모든 것들을 보고 남기는 것들 중 하나가 지금 이야기하고자 하는 사진이다. 요즘 사진은 전화기를 보고 웃기만 해도 저절로 찍히는 것이지만, 한 번쯤 깊이 생각해보면 놀라운 우주의 여로에서 우리가 만나고 남기는 하나의 또 다른 작은 우주가 아닌가. 드디어 우리 앞에 도달한 우주적 시간의 산물들이 우리의 기억을 대신한 기계인 카메라에 남겨지는 것이다. 한 장의 사진에는 각기 출발점이 다른 수많은 과거들이 쌓이고 쌓여서 잘라진 단면이 존재한다. 그러나 지나간 과거는 반드시 직진하지는 않는다. 기억이나 관념 속으로 자리를 옮긴 시간들은 멈추거나 돌아가거나 굽어 가기도 되돌아오기도 한다. 그런 우주적 단면을 마음대로 만지는 것 또한 우주적 일이다. 모든 철학적 동기들이 그랬듯이 이 경이로운 사실에 대한 놀라움으로 세상을 대하는 것이 사진을 대하는 자세와 비슷하다. 사진 한 장일 뿐이라고 생각하는 사람은 영원히 사진 한 장에서 벗어날 수 없지만, 사진을 우주적 존재로서 대하는 사람은 우주의 섭리와 생멸을 남기는 어마어마한 일을 하는 것이다. 무심코 찍는 사진 한 장에 얼마나 위대한 우주의 시간이 담겨있는지, 잠시 세상에 나타났다가 사라지는 모든 것들이 사실은 얼마나 먼 곳에서 유장한 세월을 건너 이곳에 왔는지. 그리고 그런 생각의 의미 속에서 각자가 세상을 보는 눈은 무엇을 담는 것인지를 생각해보자.

지금 마주 보고 있는 사람들은 그 사람과의 거리만큼 과거의 모습을 보고 있는 것이다. 좋아하는 사람에게 다가가는 것은 그 사람의 현재에 좀더 가까이 가는 것이다. 당신 앞에 있는 사람들은 머나먼 어느 별에서 출발한 우주의 자손이고, 또 멀고 먼 시간으로부터 당신에게 배달된 영겁의 선물이다. 내가 하는 일을 사랑하게 된 데는 별빛의 역할이 크다.

러시아 캄차카, 2008

브래들리 쿠퍼의 손가락

2014년 미국 오스카상 시상식에서 사회를 보던 엘런 디제너러스가 삼성 갤럭시 노트2 스마트폰으로 객석에 앉아 있던 세계적 스타 배우들과 함께 '셀카'를 찍어서 바로 소셜미디어에 올렸다. 요즘 스마트폰이나 카메라를 가진 사람이라면 누구나 흔히 하는 일이지만, 그 사진에 찍힌 사람들의 면면은 세계적이다. 제니퍼 로렌스, 메릴 스트립, 줄리아 로버츠, 케빈 스페이시, 브래드 피트 등 이름만으로도 가슴 뛰는 세계적 배우들로 이 사진은 가득 차 있다. 사진의 내용적 측면에서 그 순간의 희귀성을 평가하자면 이 순간은 어마어마한 것이다. 전 세계에서 지켜보는 아카데미 시상식 생방송 도중에 특정 기업의 신제품 전화기로 사진을 찍어 현장에서 정보통신 기술의 첨단 결과물인 순간 배포를 했다는 것은 사진이나 정보통신 역사에 새겨질 일이다. 이들을 사진 한 장 속에 세우는 일도 어마어마한 일이지만, 그 카메라가 휴대전화라는 것은 사진의 역사나 인류 문명사적으로 보아도 대단한 일이 아닐 수 없다. 이 사진은 하루 만에 수백만 명이 퍼트리면서 통신수단을 이용할 수 있는 전 세계 수억 명이 보았다. 사진의 기능과 유통 개념의 변화를 이만큼 상징적으로 보여주는 순간이 있을까. 이 행사를 후원한 삼성전자가 이 사진 한 장으로 얻은 광고 효과가 몇백 억이라는 등 언론들은 근거를 알 수 없는 숫자들을 토해냈고 지금까지 이 사진의 의미에 대해서 사람들은 이야기한다.

소동이 잊힐 때쯤 외신은 미국 연방법원에서 "이 사진의 저작권은 휴대폰 주인인 엘런이 아니라 화면의 버튼을 손가락으로 누른 배우 브래들리 쿠퍼에게 있다"는 유권 해석을 내놓았다는 사실을 보도했다. 누가 물어보았던 모양이다. 미국은 유머와 사소한 호기심 충족을 위해서도 수시로 큰일을 벌이는 나라니까. 그러나 법원이라는 권위 있는 해석의 지위에 있는 사람들이 사진은 손가락 끝에서 나온 것이라는 판단을 내놓음으로써 스스로 무지함을 세계적으로 공표하고 말았다. 카메라 달린 전화기로 셀카를 찍기 위해 배우들을 모으고 그 장면을 구성하고 휴대폰 카메라로 각도를 맞추고 구도를 잡은 다음 모든 배우들이 사진에 나오게 하기 위해 카메라를 최대한 멀리 들고 있었고, 휴대폰 주인이 액정 화면 내 촬영 버튼을 누르기 불편하던 차에 앞줄에 앉았던 남자 배우 브래들리 쿠퍼가 손가락으로 셔터 버튼을 누른 것이었다. 디테일을 존중하는 그들이 왜 저작권자는 '손가락'이라고 하지 않았는지는 모르겠다. 그들이 무지한 것은 별일 아니지만, 무지가 지닌 권위가 지나치게 막강할 때 불행이 시작되는 것이다. 사진은 고유한 사진으로 작동하기에는 너무 사회가 복잡 다변한 가운데 그 기능이나 역할 면에서도 헤아릴 수 없이 다양한 방식으로 작용한다. 막중한 역할이지만 본질은 오염되고 존재는 저급해졌다. 산업사회의 다양한 목적에 이용되는 수단으로서의 사진은 누구나 손가락 하나로 찍고 퍼트리는 것으로 하향 평준화됐다.

비슷한 시기에 인터넷 언론매체 '디스패치'에서 피겨 스타 김연아와 아이스하키 선수 김 모씨의 연애 사실을 보도했다. 디스패치는 그들의 데이트 현장을 장시간 잠복 끝에 촬영했고, 이 소식은 사진들과 함께 순식간에 국내 전 언론에 퍼졌다. 전 국민의 사랑을 받는 스타였으므로 전 국민이 관심을 가지는 것은 당연했다. 유명인의 사생활을 어느 선까지 보장해주어야 하는가 하는 논란도 뒤따랐다. 한때 김연아 측에서는 초상권(아마도 사생활) 침해 문제를 들어 법적 대응을 하겠다는 이야기가 있었다. 요즘은 많은 경우 논란의 계기가 된 사진에는 법리적 논쟁도 함께 따라간다. 이런 맥락과 비슷한 것으로 혼동되는 일이 또 있었다. 디스패치가 단독 촬영한 이 사진들은 거의 모든 언론매체를 타고 퍼졌고, 일부 블로거들도 디스패치의 사진을 그대로 가져다 사용했던 것이다. 사진의 저작권자인 디스패치는 자신들의 허락을 받지 않고 사진들을 무단 도용한 매체와 블로거들을 저작권 침해로 고발했다. 사진 주변의 여러 권리들이 충돌하는 순간이었다. 이 고발사건을 보도하는 방송의 뉴스에서 피고발인들을 변호하는 어떤 변호사의 짧은 인터뷰 장면이 나왔다. "사진의 각도와 조명, 구도 등을 봤을 때 이것이 창작물로 볼 것인가에 대해서는…" 식의 언급이었다. 말은 똑바로 하자. 이것은 표절이나 모방 사건이 아니다. 이건 도용, 다시 말해 절도사건이란 말이다. 대학을 나오고 법을 공부하고 그 법으로 돈을 버는 사람들이 사건의 가장 기본적인 본질도 파악하지 못한 채, 아니면 의도적으로 무시한 채 단어들의 윤곽으로 본질이 호도되기를 바랐는지 모르겠지만, 법의 수준이 그런 것이다. 그들에게 익숙한 돈의 매뉴얼대로 사진을 판단하고 유린하는 것이다. 사진이 사진 바깥의 세계에도 고용 창출을 돕고 파생하는 것들이 있다면 그것으로도 의미 있지만, 많은 사진가들은 생계도 막막한 판에 자격 없는 입들이 사진으로 돈을 버는 것은 실소를 자아낸다. 달리 말하면 사진은 사진 그 자체뿐 아니라 외부의 일로도 그렇게 타인의 삶에 기여한다.

러시아 예카테린부르크, 2016

제주도, 2016

part 4

익숙하고 낯선

10년 묵은 약속- 사하라에서 2

나는 이제 사하라사막과 유목민들을 찍었던 것처럼 직설적이고 명확한 사진들을 잘 찍지 않는다. 찍는 대상과 방식을 염두에 두고 그것만을 고집해서 찍거나, 그렇지 않은 것들은 관심 두지 않는다는 뜻이 아니다. 사진을 오래 하다 보면 대개 눈앞에 펼쳐진 세상의 어떤 순간들을 대하는 방식과 자리가 본능적으로 정해지는데, 이제 더 이상 직관적인 아름다움이나 용건부터 말하고 보는 화법을 의식적으로 따르지는 않는다는 뜻이다. 사진은 그런 관습적 언어로 시작하지만, 언어의 역할이 직설과 진심에만 있는 것은 아니다. 오랜 세월을 거쳐 암묵적으로 합의된 도덕적 메시지나 교훈들을 사진에 담는 일은 이제 흥미가 없어졌다. 내가 하지 않아도 많은 사람들이 잘할 수 있는 일이다. 사진의 모든 말들이 보는 순간 이해되고 그 메시지가 명징해야 한다는 순진한 믿음은 나의 언어습관에서 한참 먼 곳의 이야기가 되었다. 나는 이제 은연중에 슬며시 자리 잡는 말, 소리 내지 않아도 보이거나 들리고, 그런 눈과 귀를 가진 사람들에게는 분명히 존재하는 세상의 사소한 통찰에 대해 말하고 싶어서 사진을 찍는다. 반드시 이름 붙이지 않아도 사람이 과거와 현재의 자리를 알게 됨으로써 그것이 무엇을 지칭하는지, 스스로의 고유한 감정으로 알아볼 수 있는 사실을 이야기하는 것이 내 생리의 목소리가 아닌가 한다. 사진하는 사람들 중 일부는 이런 은연중의 말들을 통해 세상에 뭔가 이야기한다. 진실을 말하고 감동의 사실을 이야기하는 것은 언어의 일들 중 앞줄에 있다고 보지만, 그것을 나의 말만으로 풀어내기는 한계가 있고 많은 경우 부질없다.

그 사진들을 뒤늦게 내보이는 것은 이제 그들의 엄중한 세계를 놓아주는 의식이기도 했다. 나에게도 그들의 기억에 더 이상 집착하지 않고 다른 곳을 볼 수 있는 명분이 될 것이다. 결국 같은 말이다. 한때의 가볍지 않은 인연 속 그들의 존재 자체를 존중하고 오래전 사진으로 그들과 함께했던 일에 의미 두는 일 이외에 내가 말로 앞세우고 할 수 있는 일은 별로 없다. 그들의 기운과 기품을 느끼고 내 몸에 묻혀 온 것을 여전히 감사하게 생각하지만, 그것으로 더 이상 그들에게 다가가지도 기대지도 않을 것이다. 그리고 그들은 여전히 건재하거나 떠나거나 잊힐 것이다. 여기와는 별개의 시간 속에서 그들은 그들의 길 위에 있을 것이다. 때 되면 돌아갈 수 있는 그들의 집과 가을이 늘 그곳에서 담담하기만을 바란다. 그저 보통의 가을이면 충분할 것이다. 그해 가을이란 계절에 대한 모든 심상과 바람을 담은 나의 가을을 그곳에 두고 왔다. 그들에게 남길 것이 없는 나는 지난여름 아이의 머리에 내려앉았던 씨앗을 심는 마음으로 가을을 심었다.

인간이 만든 시간의 개념에서 '10년'처럼 이름 붙일 수 있는 단위는 지나간 시간임에도 종종 지구 반대편 어딘가에 있는 또 다른 지금이 아닐까 하는 상상을 하게 한다. 인간의 삶에서 10년이란 간극은 문득 변해버린 현재를 극화해서 바라보게 하는 주술적 힘이 있다. 사진도 사람의 눈과 마음처럼 세월에 따라 익는다. 세월이 무작정 빠르다는 것은 사람들에게 아쉬움을 안겨주기 마련이지만, 나는 그것이 무작정 안타까운 일이라 생각하지는 않는다. 우리가 걸어온 모든 절절했던 현재들은 과거라는 시간의 무덤으로 들어가면 그저 우리가 건너뛴 한순간의 압축된 기억으로 남는다. 그 빠른 세월만큼 삶에서 내가 걸어오거나 건너뛰어 온 자리를 인정하는 것은 점점 수월해졌다. 10년 전에 내가 골라 내보였던 몇 장의 사진을 제외한 사진들에서 그때는 느끼지 못하고 보지 못했던 많은 이야기들이 이제야 피어오르기도 한다. 세월은 눈앞에서 벌어지는 사소한 일들과 아무것도 아닌 순간에서도 말로 대신할 수 없는 배움을 던진다. 대단한 노력 없이도 그저 견뎌온 물리적인 세월의 부피가 하는 일이다. 내 몸을 거쳐 나온 사진이라도 당시에는 보지 못한 것들이 지금 보인다는 것은 놀라운 일이다. 세상의 비밀과 이치에 닿는 대단한 이야기가 아니라 그저 나직한 속삭임이다. 사진에 대한 집착일까, 애정일까. 그 끈을 놓지 않고 살아왔기 때문이기도 하지만, 나는 오래전에 지나가버린 순간이 사진으로 남아서 지금의 이야기를 들려준다는 사실을 '과대하게' 받아들이는 중이다. 그때 부끄럽고 보잘것없었던 사진들에 대해서 지금의 말로 몇 마디 할 수 있게 되었다는 뜻이다. 그때의 눈으로 고른 사진들은 당시의 안목으로 그럴듯한 선택이었겠지만, 그중에는 지금이라면 버렸을 사진도 있다. 반대로 그때는 들리지 않았던 사소한 이야기를 지금에서야 알아듣게 된 것도 있다. 오래전 사진들은 마치 과거의 내가 지금의 나에게 보낸 편지 같은 것이다. 그것들이 나의 메시지가 아닌, 나를 둘러싸고 있었던 세계와 시간들의 메시지가 되는 데는 충분한 객관화의 시간이 필요했다. 절절했던 감흥이 가렸던 객관의 시야가 드러났다고나 할까. 그래서 부끄러움을 핑계로 사진들을 처박아 두거나 버리는 것은 그들에게도 미안한 일이었다는 것을 알겠다.

그때 그곳에서, 그들은 사진 찍는 나에게 자신들의 얼굴을 기꺼이 허락했다. 그들의 삶 주위를 드나들 수 있도록 공간도 허락했다. 나는 내가 사진 찍는 그들의 얼굴을 다른 세계에 있는 많은 사람들이 볼 수 있도록 하겠다고 했다. 사하라사막 유목민들뿐 아니라 그 나라 니제르에서 만난 많은 사람들은, 특히 아이들은 사진 찍히는 것을 아주 좋아했다. 도시 아이들은 사진 한 장 찍히는 데 목숨이라도 걸 듯 내 카메라 앞으로 몸을 던졌다. 사진을 당장 뽑아주지 않아도 바깥세상 사람들이 자신들의 얼굴을 볼 수 있다는 사실이 좋다고 했다. 즉석카메라를 가져갔던 터라 그들에게 자기 얼굴이 담긴 사진 한 장씩 쥐어줄 수 있었다. 그중 많은 이들에게 그 사진은 평생 처음 갖는 자기 사진이기도 했다. 지금 그 사진들은 모두 빛바래고 찢기거나 바람에 날려갔을 것이다.

니제르, 2005

아침 일찍 투아레그족 마을을 떠날 때 두 자매가 마을 앞에 따라 나왔다.
아무 말도 없이 조용한 웃음으로 우리를 배웅했고,
이 얼굴들은 사하라의 마지막 작별 인사처럼 마음에 남아 있다.

서글픈 레드카펫

　겨울이 일찍 와버린 11월 어느 저녁 길을 가다 사람들의 환호성이 들려 소리 나는 쪽으로 가 보았다. 서울 세종문화회관에서 열린 어느 영화제 본 행사에 앞서 '레드카펫' 행사가 열리고 있었다. 배우들이 빨강 카펫을 밟고 걸어 입장하는 일이 행사로 불린다. 소리로 짐작했던 것보다 구경꾼은 많지 않았다. 오후부터 갑자기 들이닥친 추위와 바람으로 손끝이 아플 지경이었다. 그 추위에 떨면서 콘크리트 바닥에 주저앉아 있는 사진기자들 모습이 눈에 들어왔다. 얼마 전까지 그들과 같은 처지였던 터라 그 옆에 서서 이런 모습들을 구경했다. 배우들이 걷는 길은 조명을 받아 비현실적으로 밝았고, 주변의 어둠과 확연히 구분되었다. 사진가들은 화려한 차림의 배우들을 사진 찍자마자 노트북 컴퓨터로 쉴 새 없이 회사로 전송하고 있었다. 어느 여배우는 옆구리와 다리의 맨살이 훤히 보이는 옷차림으로, 엄동설한 삼각파도 같은 칼바람 부는 넓은 계단에서 카메라 앞에 섰다. 그는 곧 포털 사이트 실시간 검색어 최고점에 올랐다. 화려한 의상과 돌출 행동이 화제가 되고, 다른 사람과 차별되는 그 무엇을 보여준 인물들의 이름은 곧바로 검색어 순위에 오른다. 오늘 대중이 누구를 가장 궁금해했는가 하는 것이 인기의 지표가 되고, 그 순위를 참고로 사람들은 또 그것을 궁금해하고 찾아보게 된다. 이해할 수 없는 경로로 수익이 발생하는 모양이다. 일시적 유행인지 트렌드인지를 좌우하는 최전선에 포털 사이트의 실시간 검색어 순위가 있다. 한번 그 순위에 오르는 것은 엔터테이너로서의 중요한 지위나 기회를 의미한다. 배우들과 유명인들이 보이는 모든 신체언어가 사진으로 찍히고 사진들은 거의 실시간으로 대중의 핸드폰까지 뿌려지고 돌아다닌다. 검색 순위와 함께, 사진은 거의 영원히 어느 업체의 서버에 남고 돌아다니고 누구든 이름만 치면 바로 찾아볼 수 있다. 네트워크를 타고 넘는 사진은 영원한 자산이 되기도 하고 영원한 족쇄가 되기도 한다. 화제가 될수록 문신처럼 지울 수 없는 흔적이 돼버린다. 사진은 순간적으로 대중의 관심을 끄는 일에 복무하고 데이터로 남는다.

그런데 그 여배우, 주최 측에서는 그를 초청한 적이 없었다는 뉴스가 연이어 떴다. 배우는 '레드카펫' 위를 걷고 사진 찍혀서 대중의 순간적인 관심을 끈 뒤 돌아갔다. 돌아가는 길은 얼마나 쓸쓸했을까. 어쩌면 그 옷차림으로 피부가 떨어져 나가는 고통을 느끼지 않았을까. 아니면, 차 안에서 기다리는 동안 데워졌던 온기로 그 정도는 견딜 만한 시간이었을까. 그냥 그들에게는 별것 아니었을까. 잡다한 감정 이입이 길어졌다.

오명보다 무서운 것은 무명이라는 말이 있다. 이 속설에 해당되는 직업군이나 사람 부류가 있다. 그중 하나는 정치인이다. 이 사회에서 이름을 알리고 얼굴을 알리고 자신을 드러내야 하는 사람들에게 중요한 것은, 어떤 경위를 통해서건 누군가가 자신을 기억하는 것이다. 계기와 품위를 따지는 것은 이후의 일이다. 어떻게든 그날의 모습과 이름만 기억되면 될 것이다. 이유를 막론하고 모든 일은 일단 알려져야 한다. 감당은 그다음의 일이다. 검색어 순위가 그렇다. 실질적인 내용과 큰 관계 없이 순간적으로 많은 사람들이 궁금해하는 항목에 높은 순위가 매겨진다. 이것이 어느 순간 하나의 뉴스가 되고 지위가 되고 자랑거리가 되기도 한다. 관심 가는 것이나 회자되는 뭔가에 대해 즉흥적으로 알고자 하는 욕구에 사람들은 핸드폰을 꺼내 들고 포털에서 검색한다. 검색이 없으면 아무것도 할 수 없는 사람들과 검색되지 않으면 아무것도 될 수 없는 사람들의 욕구가 만나는 곳이 포털 사이트의 검색창이다. 인기든 오명이든 관심이든 이 창을 통해서 사람들은 세상을 바라보고 세상으로 나가고 세상으로부터 쫓겨나기도 한다.

당연히 그 창에 빌붙어 검색을 가공하고 조작해서 목적을 달성하려는 사람들은 그 속에서 또 다른 세상을 조장한다. 검색창의 단어들은 바이러스처럼 사람들의 핸드폰과 포털 사이트 화면을 가득 뒤덮는다. 하루 종일 방송 오락 프로그램이나 연속극에 매달려 유명 연예인들의 몸짓과 몸매와 말장난 하나도 놓치지 않고 기사를 쓰고 올리고 또 올린 것들을 단어 순서를 바꿔서 올리며 검색된 결과의 상단을 차지하려 하는 경쟁은 치열하고 처연하다. 물론 그런 모든 검색 결과물에는 어떤 형태건 사진이 빠지지 않는다. 방송 화면을 복사(캡쳐라는 그럴듯한 외국어를 쓴다)하거나 포털에 넘치는 아무 사진이나 가져다 붙여 쓴다. 그냥 눈길을 끌기 위해서다. 사진 없는 기사에는 눈길이 거의 가지 않기 때문에 내용에 관계없이 사진이라고 생긴 무언가를 끌어다 붙인다. 간혹 정치 이야기 제목 앞에 여배우 사진이 붙어 있는 경우도 있다. 시스템 탓이겠지만 붙이는 사람들이나 보는 사람들이나 그 내용과 표현에 관심 없는 것은 당연한 일이 되었다.

사진은 원래 서글프거나 즐거운 이야기들을 액면으로 배달하려 하지만, 덧씌워지는 말들이 본질을 바꾼다. 초대받지 않은 여배우와 길바닥의 사진가들 중 누가 더 엄혹한 시간에 놓여 있는 것인지 비교할 수는 없었다. 여배우나 사진가들이나 그것이 생업이었고, 그렇게라도 해야 한다는 점이 같을 뿐이었다. 사진은 수시로 난립하는 욕구와 주장과 유혹을 배달하는 운반체 역할을 한다. 그때 사진 찍는 사람들은 사진이 영원으로 남는 그 순간, 영원히 잊힌다. 애초에 자극을 배달하는 역할을 맡은 사람들로서 잊히고 말고 할 것도 없는지 모른다. 그러나 사진에 찍힌 유명인이나 사진에 찍혀 유명해진 이들은 평생 그 사진의 모습으로 보이고 살아간다. 사진은 문신이고 낙인이다. 추운 날 길거리에서 찍는 이들과 찍히는 이들은, 잊히는 것들과 지워지지 않는 것들, 존재와 허상의 풍랑에 하루를 맡긴 셈이었다. 나도 내가 찍은 사진이 금방 잊혀서 다행인 순간이 많았던 것을 고백한다.

서울, 2011

밑줄을 긋다가

눈에 비친 모든 것에 의미가 가득 담긴 것처럼 보이는 날들이 있다. 전해진 메시지는 다른 사람들에게 전달하고 정의하고 단어로 번역하기 어렵지만 바로 그렇기 때문에 내게는 결정적으로 보인다. 그것들은 나, 그리고 동시에 세상과 관련된 일들을 알리거나 예언한다.
_이탈로 칼비노, 『어느 겨울밤 한 여행자가』, 민음사

어떤 책은 처음부터 금과옥조 같은 문장과 구성의 힘을 지녔으므로 거침없이 페이지를 넘기게 된다. 어느 순간 만난 문장이 던지는 지적 충격과 고결성을 주체하지 못해 연필을 잡고 밑줄을 긋는다. 그 문장을 내 것으로 만들고자 밑줄을 긋고 몇 번을 입으로 마음속으로 되새긴다. 그다음부터는 한 페이지가 멀다 하고 감동의 밑줄을 긋게 된다. 놓치고 싶지 않은 문장은 너무 많아지고 격랑의 파도 속에서 밑줄을 긋다 보면 글이 좋아 밑줄을 긋는 것인지 밑줄을 긋기 위해 글을 읽는 것인지 헷갈릴 지경이 되기도 한다. 한 순간 감

정의 물꼬가 터지면 그렇게 폭포 같은 감동을 온몸으로 받게 되고 그 폭포수를 온전히 내 기억의 그릇에 담기 위해 거침없는 밑줄질을 하게 된다. 밑줄이 문장을 내 것으로 만들어주는 것도 아니고, 그 문장을 다시 읽게 될 보장 또한 없지만, 눈과 더불어 손으로도 문장을 붙들고 몸에 새겨서라도 잡아두고 싶을 때가 있다. 자기의 인생관과 절묘하게 맞아떨어지거나 지금껏 보고 들어 알고 있었어도 느끼지 못했던 통찰의 획이 마음속에 그어지는 순간이 있다. 여기까지 온 것에 대해 뭔가 지적으로 보상받고 싶어진다. 논리적으로 말할 수 없는 많은 것들이 마음에 충격을 주고 순간적으로 사람의 정신을 바꾸기도 한다. 지적 충격이 품고 있는 내용의 고결성보다 받아들이는 사람의 그 순간 마음의 상태에 의해 좌우되는 일이다.

세상을 바라보거나 살면서 겪는 많은 일들이 비슷하다. 어느 순간 나의 눈으로 빨려 들어오는 눈앞의 것들이 말을 걸어오고, 걷잡을 수 없는 대화와 교류의 물꼬가 터지는 순간이 있다. 냉소와 회의의 장막이 걷히고 주변 모든 것을 받아들이는 감각의 눈이 활짝 열리는 순간이다. 무엇이든 받아들일 준비가 된 유연한 눈으로 세상을 대할 때 생기는 일이다. 아주 드물게 일어나는 감각의 총체적 개방…… 그때 세상 모든 것들에 관용과 애정의 눈이 열린다. 예술가든 과학자든 이럴 때 걷잡을 수 없는 창작과 수용의 욕구를 느끼게 된다.

때로 이런 현상은 기분 좋게 마신 술의 기운으로 찾아오기도 하고, 타인과의 열정적인 대화를 통해서 오기도 한다. 마음을 흔드는 예술작품 같은 타인의 외연의 결과물을 마주했을 때도 찾아온다. 기분 좋은 취기처럼 고양된 감수성으로 바라보는 세상에는 유연하고 민감해진 시야에만 허락되는 비정형의 패턴이 있다. 냉정한 시각으로 본다면 '헛것'에 다름 아닐 수도 있는 사물들의 관계와 질서가 보인다. 드물게 찾아오는 이런 순간들을 '영감'이라고 부르기도 한다. 물론 그 호칭에는, 그 호칭을 감당할 수 있는 용기가 필요하다. 착각도 간혹 그런 일을 대신 해낸다. 어쨌든 사람의 감정에는 하루에도 수십 번씩 오르고 내리는 언덕이 있다. 그 언덕을 타고 넘는 순간에 가끔 사진적 순간을 만나기도 한다. 늘 능숙하게 현실에 대처하고 어디서나 아름다운 순간들을 포착해 사진으로 남기는 능력을 가진 이들이 많겠지만, 나는 그런 흔치 않은 열림의 순간에 의지해서 간혹 사진을 찍는다. 이를테면 나답지 않은 사진 같은 것이다.

예술 하는 사람들은 반드시 불행하거나 감정적으로 침잠해야 한다는 것은 유복한 소비자들의 편협한 취향이다. 예술가들도 형태는 다르겠지만 행복한 기운으로 예술을 한다. 물질 아닌 정신의 그 행복은 감각의 총체적 개방으로 온몸의 신경들이 세상과 교류하는 순간에 찾아오기도 한다. 말들이 머릿속에 그림으로 그려지고, 보이거나 상상되는 장면들이 정연하고도 자유로운 문장으로 펼쳐지는 그런 순간에, 예술가는 자기의 언어로 세상에 할 일을 하게 된다. 세상의 모든 지루하고 상투적인 것들을 자기만의 눈으로 걷어내는 것이 그들의 일이다. 빼어난 수사와 절정의 서사가 아니더라도 담담한 관찰과 사유의 목소리로 눈앞의 보이는 것과 보이지 않는 것들을 말하는 것이다. 물론 예술가가 아니라 누구에게도 이런 순간들은 수시로 찾아온다. 그 순간을 알아보고 반응하는 것이 각별한 것이다.

연필을 들면 밑줄 그을 일이 생기듯이 카메라를 들면 사진 찍을 일이 생긴다. 사진을 남기고 싶은 때 카메라가 없으면 아쉽겠지만, 전화기에 내장된 카메라여도 무방하다. 화질보다는 내용이나 느낌이 중요한 시절이니까. 내 몸에 익숙한 카메라 한 대가 여전히 아쉽겠지만.

경남 남해, 2011

사람의 감정에는 하루에도 수십 번씩 오르내리는 언덕이 있다.
그 언덕을 타고 넘는 순간에 가끔 사진적 순간을 만나기도 한다.

이름의 무게

영국의 저널리스트 브루스 채트윈Bruce Chatwin은 그의 여행기(라고 불러서 미안) 『파타고니아』(현암사)에 이렇게 썼다.

이름이 붙여진 사물들은 각각 고정된 지점이 되어 차례로 정렬시켜 서로 비교할 수 있는 것들이 된다. 그 지점들 덕분에 말하는 이는 다음 행동을 계획할 수 있다.

사람의 언어가 다른 생물들의 그것과 다른 것은 언어와 그 언어의 중추인 이름들을 통해서 과거와 미래를 함께 이야기할 수 있다는 점이다. 언어로 표현되지 못한 많은 감성의 순간과 기억들은 현재를 벗어나 전해지기 어렵다. 나의 감정, 그리고 내가 보여주고자 하는 것들이 언어로 형식화되는 과정은 나의 내면적 반응이라는 한계를 벗어나고자 하는 노력이다. 언어의 역사는 이름의 역사와 함께한다. 공동체 사회의 가장 기본적 교류의 방식인 언어에서 가장 중요한 것은 이름으로서 도달하고자 하는 이야기의 어떤 지점일 것이다. 때로 목적지로서의 이름, 즉 명사는 그 자체로 언어의 목적지이기도 하다. 이름은 사물이나 형태, 행위, 현상 등에 붙여지는 동종 언어 사용자들 간의 약속이고, 이는 오랜 경험과 이용 과정에서 가장 그것다운 것으로 합의되고 농축되었을 것이다. 이름을 붙이고 부르는 것은 세계를 가리키고 우리가 그 세계에 속해 있음을 나타내는 명징한 증거다. 언어와 더불어 이름은 성장하고 변하고 수시로 소멸한다. 그래서 세상 만물과 만인의 이름은 그 존재 자체의 의미에 버금가는 무게를 지닌다고 할 수 있다.

그러나 인류 공통의 지적 재산인 언어는 현대에 와서 징검다리와 장벽으로서의 양면성을 가진다. 언어의 핵심인 이름으로 인해 다음으로 나갈 수도 있고, 이름이 재빠른 누군가의 독단적 선언이 되어 아무도 그 이름 밖으로 운신할 수 없게 만들 수도 있다. 사진의 경우도 내면의 그 무엇들을 전달하고 나누는 과정에서 언어의 형식과 표현에 빚지는 경우가 많다. 그러나 어떤 기발한 용어를 만들고 유행시켜 입에 붙이는 것만으로 뭔가를 선점하거나 어떤 경지에 도달했다고 말할 수 없다.

사람들은 종종 내게 어떤 사진을 하는지 묻는다. 나는 지금도 어떤 사진을 한다고 답으로 정해놓은 바가 없다. 그래도 물음에 대해서는 답을 하는 게 예의이므로 나는 "다큐멘터리 사진을 한다"는 답을 한동안 썼다. 이야기를 품은 모든 대상과 움직임들이 다큐멘터리라는 설명과 함께. 그러나 질문이 꼬리를 물기 딱 좋은 이 답은 말의 함정으로 대화를 이끄는 경우가 잦아 금방 그만두었다. "이것저것 다"라는 소극적 답이 결과적으로 편했다. 내 사진을 본 사람들 중 일부는 그것들을 '풍경사진'으로 불렀고, '인물사진'으로 부르기도 했다. 서아프리카 사하라사막에서 찍은 유목민들의 사진은 '해외풍경'으로 분류되어 누군가의 강의 자료로 쓰인 뒤 인터넷에 돌아다니기도 했다. 대부분의 사진에 풍경도 있고 인물도 있으니 전적으로 틀렸다 할 수는 없다. 그것은 사실이지만 사실을 제대로 말할 수 없는 언어의 함정이다. 나는 그 많은 사진들을 한 번도 풍경사진이라 생각한 적이 없었고, 인물사진도 그 기본적인 분류를 의식하지 않았다. 나는 사람이 이야기의 중심에 있지 않으면 그것을 인물사진이라 부르지 않는다는 정도의 원칙만 있다. 어떻게 나누어야 하는가를 작가인 내가 결정하지 못하고 있었던 것인지도 모르겠다.

내 전시회에서 사진들을 본 어떤 관객은 '스내핑'이라는 생소한 단어를 구사했다. 그것이 내 사진 기법이라는 것이었다. 움직이는 것들을 즉흥적으로 찍는 '스냅snap'이란 것을 어떤 사람들은 동명사 형으로 부르면서 좀더 전문가적인 냄새를 풍기고 싶어 하는 모양이다. 그 단어를 한참동안 주물럭거리며 곱씹어보았다. 나는 내가 그때 내보인 사진들이 무엇인지 기법의 이름을 붙여놓지 않았다는 것도 깨달았다. 작법이건 발행의 방식이건 뭔가 이름으로 분류하고 포장해야 하는 것 또한 외연의 자세라는 사실과 많은 사람들에게 이것은 사진의 내용보다 더 중요하다는 사실을 알지 못했다. 우리는 말을 앞세우고 움직이는 일에 익숙하지 않다. 아무것도 아닐 수도 있는 그 단어는 잠시 내 생각과 의지를 허무하게 만들었다. 인간이 개발하고 사용하는 오래된 단어들은 수시로 말로 표현할 수 없는 오래 묵은 감정이나 의지들을 단번에 결박해버리는 일을 한다. 용어들 앞에서 내가 구분 짓지 못하는 것들은 타인의 상식에 다가서는 데 한계가 되었던 것이 아닐까. 사진에 못지않게 사진에 들러붙은 말을 고민해야 하는 시절이다.

사진이라는 단어는 풍경사진이거나 인물사진이라는 징검다리를 만들었을 것이다. 나는 사진을 적잖은 세월 했으나, 풍경사진이건 인물사진이건 그 이름은 다음 사진으로 나아가는 징검다리가 되지 못한다. 너무 많은 사람들이 너무 흔하게 써버리는 단어들 중에는 그 단어의 관성에서 본질을 잃어버린 것들이 많다. 풍경사진이라는 단어는 풍경 사진 작업을 많이 하는 사진가를 '풍경사진가'라 호칭하고, 누구는 '길거리사진가'로 특정지어 버린다. 그것이 사진가의 운신을 제한하지는 않겠지만, 풍경사진가는 풍경사진밖에 안 찍는 사진가 정도로 생각되기 십상이다. 단어는 철저히, 만들고 사용하는 사람들에 의해 강제되는 속성이 있다. 꽃 사진 많이 찍어 블로 그에 올렸더니 어느 날 '접사작가'가 돼 있더라는 사람도 있다.

언어로 덮기에는 우리의 세계가 너무나 거대하고 깊은 의미들로 가득 차 있다. 그러나 지금 사람들은 대부분의 이름들을 깃털만큼 가벼운 소리로 부르고 소비하고 버린다. 사람이 만든 언어와 이름이지만 이름 앞에 사람 또한 무한히 가볍다. 현대의 이름들은 선점하는 이에게 얄팍한 자긍심과 더불어 예상외의 소득을 가져다주곤 한다. 일종의 권력이다. 이름이나 용어는 아이콘으로 태어나야 대중의 관심과 지지를 받는다. 이름 하나가 종종 사실이나 원래의 것들보다 더 큰 파급효과를 불러일으킨다. 이름을 얻지 못한 사건들은 대중의 뇌리에서 금방 사라진다. 땅콩이나 된장 같은 일상적 명사들이 사건이나 현상의 이름이 되어 통용되고 증폭된다. 그리고 결과에 큰 영향을 미치기도 한다. 그래서 이름 붙이는 것은 권력을 선점하고자 하는 욕구로 해석할 수 있다.

사진이 유발하는 정신적 변화에 대해서까지 이름을 붙이기 시작하면서부터 정신마저 말이 선점한다. 남의 말로 정신을 파악한 사람들은 그 말에 기대서 근근이 나가야 하는 판국이 되었다. 위안을 준다는 '힐링포토'에서 사람들은 더 이상 힐링도 위안도 받지 못한다. 사람을 치유하는heal 속성을 지닌다는 긍정적 칭호에서 출발했겠지만, 그것은 오랫동안 쓰임을 통해서 관객이 반응해야 할 숙제가 돼버렸다. 힐링을 말로 가르치려 한 때문이다. 사진 잘 찍는 아마추어들은 빈민국 빈민촌으로 출사를 가서 아이들 면전에 카메라를 들이대고 찍어온 사진으로 '힐링'하고 왔다고 블로그에 올린다. 그리고 '감성사진'이라며 '소통'을 이야기하자 한다. 말은 너무 빨리 멀리 간다. '여행사진'은 사진이 나갈 바를 여행의 기념품으로 가두어버리기도 한다. 여행마저 사진의 도구로 삼아서 사진이 행위의 목적이 되어버리기도 한다. 많은 사람들이 여행에서 남는 건 사진뿐이라며 열심히 사진을 찍는다. 맞는 말이다. 사진만 찍다 왔기 때문에 남는 게 사진뿐이다. 일상의 담담한 마음과 사진 찍는 사람들의 사소한 발견과 기쁜 경험들은 '일상사진'으로 단정된다. 뭔가 아련한 것들은 '심상사진'이라고 부르는 사람들도 있다. 마음이 담겼다는 뜻이겠지만 그런 사진들 속에서 마음과 사진의 관계가 무엇인지 알기 어렵다. 굳이 이름 불러주지 않아도 좋았을 것도 있다. 그리고 모든 류類의 이름 붙은 사진들에 '○○ 잘 찍는 법'이 개발되고 팔린다. 사진이 아니라 말로 팔리고 글로 팔린다. 위로·힐링·치유·버림·멘토·콘서트·인문학·산책·청춘 같은 훌륭한 독립어들이 서로 조합되어 홈쇼핑 기획 상품처럼 돌아다니고 유혹한다. 위로받든 행복하든 상처받든 그들이 선언하는 과정을 따라가지 않으면 안 될 것 같은 상황들이 만들어진다. 행복도 강요되는 단어의 누명을 쓰게 되었다.

지금 행복하지 못한 사람들은 현실적으로 아무런 도움도 위안도

안 되는 유명인의 말 속에서 가상의 행복을 찾아야 한다. 그들은 행복의 개념을 개발하고 말로써 행복을 가르치고 있다. 사람들에 의해서 붙여진 민첩한 이름들은 다음 사람들이 그다음으로 나아가는 데 크고 작은 도움을 줄 것이다. 그러나 그다음이 어디가 될지도 이름이 결정해버리면 많은 선택의 길들은 지워져버릴 수도 있다. 사진을 하고 싶은 사람들은 사진이란 단어 앞에 세상의 온갖 좋은 명사와 형용사를 갖다 붙이고 그것을 실현시켜준다는 방법들을 배우고 가르친다. 배움의 욕구를 주체할 수 없는 이들은 이런 '법'들에서 갈 길을 발견하는 것으로 믿는다. 사진에 글 몇 줄 붙이는 것이 '에세이'라는 이름으로 불린다. 이런 다변화된 용어들이 많은 사람들에게 편리하게 통용되고 이런 단어들에서 파생된 현상들이 어디엔가 기여하는 바는 있을 것이다. 그러나 이런 오래 묵은 단어들의 재탄생이 개념의 유통에는 편리할지 모르지만 무형의 내면을 표현하는 데 대한 고민이나 사유에 어떤 도움을 줄지는 의문이다.

사진도 이름과 말에 빚지고 살아가는 다른 갈래의 언어다. 사진이었던 것들이 수없이 많은 이름들을 얻게 되고 그것이 교류나 유통에 기여한 바도 클 것이다. 그러나 언어로서 울타리 쳐진 개념들이 사진 혹은 예술이 할 수 있는 많은 일들의 발목을 붙잡는 일도 한다. 모든 예술은 사람들의 감정을 건드리거나 말로써 대신할 수 없는 상상과 느낌으로 정신에 기여한다. 동시에 예술가들에게도 말의 힘이나 이름의 힘을 빌려 뭔가를 해야 하는 절박함이 있다. 중요한 일일 것이다. 그러나 아무도 결론 내릴 수 없는 복잡한 것들에 대해 아무리 오래 예술을 한 사람이라도 쉽게 말로 하지 않는 고유의 세계들이 있다. 행위의 한복판에 있는 사람들은 여전히 함부로 말하지 않는다. 특히 이름으로 단정하지 않는다.

사진은 곧 사라질 현재의 파편을 겨우 붙잡고 기대야 하는 기록의 도구가 아니라 과거에서 현재까지의 길을 보고 미래를 말할 수 있는 언어다. 그래서 사진을 이해하는 것은 또 하나의 언어를 갖는 것이다. 언어로 정돈되지 않아도 이미지는 강렬하면 강렬한 대로 온화하면 온화한 대로 무형의 느낌에 싸여 받아들여지고 기억된다. 사진가의 내면이 용해된 사진 한 장에서 관객이 얻는 정신적 변화와 울림의 카타르시스는 그것이 언어로 표현되지 않아도 마음에 깊이 남을 수 있는 것이다. 하고자 하는 일의 진의를 이해하는 것과 단어의 기발함에 매료되어 그 말을 휘두르는 것은 완전히 다르다. 말도 이름도 사람의 손을 타는 모든 물건들과 마찬가지로 과용되고 오염되는 경우가 있다. 오랫동안 마음에 품고 말하기 주저했던 은근한 바람이나 미래의 계획들, 사진가 혹은 예술가가 그들 고유의 마음으로 걸어가고자 한 커다랗고 막연한 세계가 경박한 단어로 뭉쳐져 내뱉어지고 길바닥에 뒹굴게 될 때, 누구도 이해 못할 좌절과 원망이 있다. 물론 대부분의 예술가들은, 정말 예술가라면 말을 만들어내거나 만들어진 말 앞에 처신하는 방식 같은 데는 신경 쓸 겨를도 없고 신경 쓰지도 않겠지만 말이다.

런던, 2009

세상의 당연한 일들

빛의 근원과 시간의 이면에 대해 생각할 수 있게 되었다고 당장 사진이 세상의 값진 의미들로 충만해질 리 없다. 그마저 허무한 일인지 모르지만, 보이지 않고 잡히지 않는 것에도 주목해야 한다. 보이는 것만을 말하고 숨겨진 것들에 눈감는다면 지나온 시간과 미래에 대해선 아무것도 말할 수 없다. 그러나 사진은 말하고자 한다. 사진은 기술문명의 산물이지만 인간의 생각과 기억이라는 과정을 통해 발견되는 세상의 모든 표현들과 비슷하다. 사진이 담고자 하는 것은 늘 당연한 것으로 여겨졌을 뿐 누구도 놀라지 않았던, 따라서 발견되었다고 말할 수 없었던 도처의 일들이다. 우리는 어디서 왔고, 우리는 무엇인가, 우리는 어디로 가고 있는가 하는 물음에서 시작하는 세상에 대한 모든 질문이다. 통념상 '잘 찍는' 문제 이후의 모든 질문과 지적 욕구들이 그렇다. 그것은 이미 사람과 세상에 대한 연구, 즉 철학이 해오던 일이고 예술이 발화한 지점이다.

사진을 말하면서 철학이란 단어를 앞세우는 것은 사진의 다음 말들을 위축시키는 선언 같아서 조심스럽다. 그러나 철학은 범접하기 어려운 영역에 있지 않다. 철학은 우리가 걸어온 길, 눈앞의 현실에서 마주치는 사소한 놀라움에서 시작한다. 세상이 변해온 시간들을 읽어낼 수 있는 식견이다. 세상을 발견하고 나의 방식으로 본질을 이해하고자 하는 의지를 가진 사람들이라면 단지 눈앞에 보이는 것들이 전부가 아니라는 사실을 알 것이다. 어떻게 여기까지 왔고 어찌 이곳에 있는가 하는 것들이 세상과 우주를 관통하는 거대한 지성이다. 모든 것들의 생멸과 윤회, 영겁의 세월이 쌓여 만드는 사소한 인연들을 생각하고 느끼는 것이다. 보이지 않는 이면의 섭리를 깨닫는 것은 전혀 사소하지 않다. 우주의 발견에 맞먹는 일이다.

세상의 불의에 저항하는 일들 또한 사진과 사진가의 책무이긴 하지만, 그 이전에 사실(진실은 내가 함부로 만질 단어가 아니다)이나 세상의 원리에 대한 사유로서 사진이 할 일을 간과할 수 없다. 모든 철학적 이야기들은 결국 근원적인 탄생의 질서를 시작에 두고 무언가 생각하고자 한다. 사진은 그 표현과 사유 방식을, 사진의 발명 이후는 물론 사진 이전의 선지자들에게도 빚지고 있다. 모든 예술과 세상의 학문들이 서로 인용하고 차용하는 해법들이 있다. 분야가 서로 달라도 각각의 질문과 질문을 통해 도달하고자 하는 것들이 일치하기 때문이다. 끊임없이 변하고 황폐해지는 인간 세상에 대한 물음은 어떤 학문도, 어떤 사유도 피해가지 않는 과제다.

사람이 세상을 바라보는 방식은 살아오면서 쌓인 기억과 상처에 깊이 영향 받는다. 사진은 세상과 사람에 대한 관심에서 출발하지만, 결국 그것들에 대한 우리의 기억과 사유에서 촉발된다. 남들 것보다 멋진 사진, 많은 사람들이 환호할 대단한 사진에 대한 얘기는 아무런 의미도 갖지 못한다. 인간이 개발한 몇 가지 수치로 사진의 우열을 가늠하지는 못한다. 어떤 사진이 더 좋은가 혹은 더 잘 찍혔는가 하는 것은 누구도 확답하지 못한다. 무의미한 논란이다. 사진을 더 잘 찍는다는 것은 카메라와 같은 사진의 도구들을 능숙하게 다루어서 눈앞에 보이는 것을 멋지게 사진에 담아 보여준다는 것이외에는 아무 의미도 갖지 못한다. 기능적 기준에 지나지 않는다.

사진은 때로 철학을 사진의 언어로 말할 수 있다. 말할 수 있는 것과 없는 것에 대해 인식하고 언어가 닿을 수 있는 것과 없는 것들에 대해 함께 생각한다. 세상에 대한 관찰과 오랜 사유, 인간적 교류와 삶의 방식 등 말로 다할 수 없는 사람과 세상의 관계들에 대해 사진으로 말하는 것이 사진가의 일이다. 꼬부랑 할머니를 바라볼 때 허리가 얼마나 굽었는가를 보는(혹은 사진 찍는) 한계를 넘어 할머니가 이 땅의 어머니로서 살아온 세월의 무게에 대해 느끼고 말할 수 있어야 한다. 사진은 철학뿐 아니라 문학과 음악과 세상 모든 이야기들로부터 배운다. 그러나 성현들의 지적 성과물을 도서관에서 끄집어내 말로만 주무른다면, 그건 쓸모없는 지식의 향연에 불과하다. 사진가들도 책과 지식에서 배운다. 그러나 그들은 무엇보다 길에서 배우고, 사람의 얼굴에서 깨닫고, 보이지 않는 과거로부터 이야기를 듣는다. 어디든 운신하고 바라보는 것, 그리고 사유하는 것…, 그것이야말로 사진가들의 철학이다. 학문과 학파의 계보에 대한 지식이 필요하진 않다. 세상에 널린, 당연한 사실들에서 군더더기를 털어내고 그것들의 본질을 객관적으로 바라봐야 한다. 나에게 길과 사람과 지식과 사진과 철학을 함께 생각하게 해준, 쉽고 명쾌한 문장 하나 정도는 나누고 싶다.

우리는 고작 우리가 속한 시대에만 살고 있는 게 아니다. 우리 자신 안에 우리의 역사를 갖고 있는 거다. 삶은 슬프고 숙연한 것이다. 우리는 놀랍도록 아름다운 이 세상에 보내져 여기서 서로 만나 인사를 나누고, 잠시 함께 걷는 것이다. 그러곤 다시 헤어져 우리가 왔을 때처럼 갑자기, 그리고 까닭 없이 사라져 버린다.

_요슈타인 가아더, 『소피의 세계』, 현암사

상트페테르부르크, 2015

사진 아닌 것으로부터의 사진

뜻이 분명치 않은 단어 하나가 차갑고 실용적인 확실성을 지닌 문단 전체에 몽롱한 금빛 불확실성의 베일을 드리우기도 한다. 저속하고 흔한 사건이 그 한 단어 덕택에 매혹적이고 아름다운 미스터리에 둘러싸이게 된다. 당신이라면 그 우아한 단어의 의미를 확실히 알아내기 위해 사전을 끄집어내겠는가? 그 단어를 마땅히 반기겠는가?
_마크 트웨인 〈나의 이탈리아어 독학기〉, 『천천히, 스미는』, 봄날의책

내가 소설을 좋아하는 이유들 중 하나는 많은 소설들이 평범한 패자들의 이야기를 다룬다는 것이다. 승자와 권선징악의 이야기도 나름의 세계가 있다고 보지만, 주목받지 못하는 이들의 완결되지 못한 실패의 이야기를 보여준다는 의미에서 나는 소설 읽기를 좋아한다. 시는 더욱 그렇지만, 아직 시를 받아들이고 몸으로 그 언어를 순환시켜 발설하기에는 역부족이라 다음 생의 숙제로 미루어둔다. 소설 속 어느 순간의 이야기는 정지된 사진처럼 눈앞에 그려지

고 삽화보다 선명하게, 말하지 않은 것들을 보여줄 때가 있다. 누구나 맞닥뜨릴 수 있고 익숙하기도 한 패배와 실패의 그림들이 그렇다. 감정의 양념을 듬뿍 친 묘사가 아니라 엄중하고 서늘한 객관의 문장들이 던지는 말들이 그렇다. 보편적 정서와 기억을 지닌 독자들은 객관의 뼈대에 각자의 이미지를 입히고 그 속으로 걸어 들어갈 수 있다. 화자가 주도하고 결정해버린 그림이 아니라 관객이 자각으로 완성할 수 있는 여백의 가능성을 믿는 작가의 자신감이자 겸손이다.

그렇게 주목받지 못한 세상의 사소한 것들에 대해 말할 수 있기를 바라며 나도 사진을 찍는다. 사진이 세상을 바꾸고 역사를 말하기도 하지만, 내 사진은 그런 큰 이야기를 담을 언어를 갖고 있지 못하다. 다만 세상 모든 사소한 존재들의 지나온 시간과 내 앞에 보이는 순간들을 발견하고 존중하는 것이 내가 사진으로 할 수 있는 일이라 생각한다. 손 한번 허공에 휘둘러 생기는 한 줌 바람 같은 일로, 누군가 잠시라도 각별한 기분을 가질 수 있다면, 그것이 내 사진이 할 수 있는 가장 큰 일이다. 소설에 담긴 객관과 주관의 문장들에서 나는 세상의 통찰뿐 아니라 사진으로 할 수 있는 말의 세계를 배운다.

소설의 첫 문장은 그 작품을 통해 작가가 하는 모든 말의 시작과

끝을 함축하고, 작품 속에 작가가 서 있고자 하는 자리를 말한다. 이 첫 문장이 작품의 나아갈 길을 말하고 말의 무게를 가늠하게 한다. 문장의 무게는 삶의 무게와 견줄 수 있는 막중한 선언의 순간들이다. 오래된 이야기를 또 하자면, 소설가 김훈의 『칼의 노래』는 이렇게 시작한다.

'버려진 섬마다 꽃이 피었다.'

작가의 말에 의하면, '버려진 섬마다 꽃은 피었다'로 쓸지, 조사를 '이'로 해서 '꽃이 피었다'고 할지 고민했다고 한다. 이 이야기는 조사 하나가 문장에 미치는 큰 차이를 설명하는 데 수없이 인용되곤 한다. '은'은 주관적이고 신파적이다. '이'는 객관적이고 냉정하다. 전쟁 통에 사람들이 버리고 떠난 섬에도 봄이 와서 꽃이 피었다는 것은 객관적 사실이다. '은'을 쓰면, '섬은 버려졌고, 사람들은 흩어졌는데, 그래도 꽃은 또 피었고…' 하는 주관적 서러움이 묻어난다. 조사 '이'를 쓰면, 전쟁은 사람의 일이고, 꽃은 꽃이어서 그래도 핀다는 독립된 사실이 그려진다. 객관은 엄중하고, 주관은 때로 서럽다. 조사뿐 아니라 모든 말의 무게가 그럴 것이다. 글의 중심은 이야기이지만, 깊은 문장은 사유思惟에서 완성된다. 단어 하나, 조사 하나의 역할이 막중하다.

글의 무게와 단어의 역할을 빌려 사진을 이야기해도 그대로 적용되는 경우가 많다. 감히 내 사진들을 이 말에 끼워 넣어 본다. 구름이 걸린 높고 푸른 산, 좁은 찻길 가에 세워진 볼록거울이 있다. 이 거울 앞에 서서 거울 속 세상을 보면 그 속에도 내가 살고 있는 세상과 마찬가지로 계절과 바람과 시간이 있다. 그리고 삶은 이어진다. 길을 달리던 차가 내 앞을 지나간 잠시 뒤에 차의 모습이 그 거울 속에 비친다. 굽은 길 때문이고, 도로변 거울의 역할이 잠시의 시차를 두고 다가오는 차의 모습을 미리 보여주는 것이니, 지나간 차의 뒷모습도 지나간 잠시 뒤에 보여준다. 그 거울 속으로 빨갛고 작은 승용차도 지나갔고, 노란 차도 지나갔고, 검정색 트럭도 지나갔다. 한참을 바라보고 기다리며 그 속의 시간들을 생각했다. 거울 속에는 세상의 과거가 지나가고 있었다. 나의 시점에서 지나간 사실이므로 과거라 이름 붙일 뿐, 사실 그 거울에 비치는 것들도 별개의 현재이긴 하다. 사진이 이미 과거를 담는 일이지만, 나는 내 현실적 시점에 존재하는 과거를 사진으로 남겨 두 시점을 한 장의 사진에 담았다. 사진이란 아무것도 아닌 순간에 그 무엇을 말하는, 세상 모든 것들의 흔적이다. 나는 이 사진을 세상에 내보일 때 거울 속에 지나가는 빨간 차를 택했다. 여러 사진 중에서 차의 색깔을 결정하는 것은 문장의 조사나 단어를 결정하는 문제와 비슷하다. 문장의 높낮이와 호흡은 사진 속 시선의 움직임과 닮았다. 사진을 내보이는 입장에서 빨간 차는 '은'으로, 트럭은 '이'쯤의 차이로 보일 것이라 생각했다. 관객에 따라 받아들이는 것은 다를 수도 있다. 사진도 글도 실재가 아니지만 우리의 기억과 연상 속에서 실재처럼 전달되는 것이다. 관객의 기억과 연상은 개별적이어서 비록 작가가 보여주고자 하는 방식을 정했더라도 관객에게 도달하는 이야기를 말로 규정할 수는 없다. 그래도 보여주는 이의 생각은 그 출발 시점과 도달 지점에서 언어의 도움을 받을 수밖에 없다. 느낌으로 말하고자 하는 것들도 결국 언어로 완성되는 것을 부정할 수 없다. 이야기는 정형화된 언어와 무형의 막연한 느낌으로 수시로 탈바꿈하며 표현되고 전달되는 감정들이다.

사진 또한 대상의 외형을 베끼는 것이 아니라 자칫 무의미해 보이는 존재와 순간들을 던져주고 관객의 삶으로 그것을 이야기할 수 있게 해주는 것이다. 화자에 의해 외연으로 제시되는 것은 극히 일부이거나 한순간에 불과한 것일 수 있다. 숨기고 버린 후 남겨진 단면이나 잔재를 통해 버려지기 이전 것들의 원형을 생각할 수도 있다. 어떤 경우는 감춰진 것들이 오히려 본질을 말하는 것일 수도 있고, 버리고 남은 하나의 상징에서 사실과 비사실로 향하는 많은 이야기와 상상이 시작되기도 할 것이다. 사람의 언어와 이미지의 언어를 아는 것은 그 차이를 이해하는 것이고, 그런 차이에서 공통된 언어로서 말하고자 하는 바를 읽어내는 것이다.

소설가 이승우가 소설을 쓰고자 하는 후배들을 위해 쓴 책『당신은 이미 소설을 쓰기 시작했다』(마음산책)에는 높은 경지에 도달한 지성의 문장들이 가득하다. 그 속에는 사진이건 그림이건 하고

자 하는 이들에게 단어 하나만 바꾸어도 정확히 맞아떨어지는 열쇠들도 많다. '(소설 속의 현실은) 작가의 눈에 포착되고 작가의 시각에 의해 해석된 현실이다', '무엇이 보이느냐(무엇이 있느냐)가 중요한 것이 아니라 무엇을 보느냐(무엇에 의미를 부여하느냐)가 중요한 것은 그것만이 글로 표현될 수 있기 때문이다', '현실 경험을 가공하지 않고 있는 그대로 충실히 옮겨 적으려는 작가의 욕구가 장황하고 진부하고 지루한 소설을 만든다'와 같은 것들이다. 이 문장들에서 '소설'이나 '글'을 당신이 관심 둔 그 어떤 단어와도 바꾸어보면 알 수 있다.

거울 앞에 서서 거울 속 세상을 보면 그 속에도
내가 살고 있는 세상과 마찬가지로 계절과 바람과 시간이 있다.
그리고 삶은 이어진다.

사진을 말로 가르치는 일

"사진은 내게 기회였어. 당신이 내 인생을 바꿨어."

키 크고 수줍음 많은 미남 청년 세르게이가 큰 눈을 껌벅거리며 서툰 영어로 내게 말했다. 가슴이 철렁했다. 말은 건조했지만, 그의 눈빛은 그렁그렁했다. 내가 며칠 동안 몇 마디 말과 행동으로 한 젊은이의 인생에 큰 점을 찍어버렸다니. 대개 감동은 금방 잊히게 마련이지만, 정말 내가 그의 인생을 바꿨다면 큰일이다 싶었다. 일주일 내내 그는 눈을 똑바로 마주치지 못하고 사람을 피하는 듯했다. 영어는 알아들었지만 말은 느렸다. 잘생긴 금발의 러시아 청년, 이 스무 살 고등학생은 우리에게 며칠 동안 사진을 배웠다. 며칠 동안 사진을 가르쳐봐야 얼마나 가르쳤겠냐만 그는 우리와 함께 다니면서 다른 학생들과 사진가들이 사진 찍고 이야기하는 것을 쉬지 않고 보고 들었다. 그러나 주로 혼자 걷고 서 있었다. 그는 사진을 찍어야 되겠다는 생각이 들면 배낭을 열어 자그마한 자동카메라를 꺼내 딱 한 장 사진을 찍고 다시 배낭에 집어넣었다. 나는 "사진 찍는 동안 카메라는 손에 들고 다니면서 이것저것 많이 찍어보라"고 말해줬다. "Yes"라는 짧은 대답이 돌아왔고, 그는 또 카메라를 배낭에 집어넣었다. 그랬던 그가 내 얼굴을 똑바로 쳐다보면서 감사하다고 말했다. 그런 순간의 보람은 특이하다. 기뻐도 기쁜 그 느낌을 허락하기 조심스럽다.

종종 사진 강의를 하러 다닌다. 사진을 멋지게 잘 찍는 문제는 내가 할 이야기가 아니라서 주로 사진 속에 숨어 있는 '인간과 세상사의 이야기를 듣고 보는' 것에 대해 얘기한다. 손을 저어가며 잡으려 해도 잡히지 않는 말만 허공에 던져놓는 기분일 때도 많다. 반응은 갈린다. 그간 듣지 못했던 새로운 이야기를 들어서 뭔가 다른 것을 할 수 있겠다는 반응과 너무 어려워 무슨 이야긴지 잘 모르겠다는 반응이다. 이미 어른이 된 사람들에게 여러 가지 사진에 대한 이야기를 해주는 것은 비교적 자유롭다. 알아들을 건 알아듣고 동의하지 않을 것들은 무시할 줄 알기 때문이다. 그러나 어른이 되어가는 후진들에게 사진의 대단한 세계에 대해서 이야기하는 것은 아주 조심스럽고 걱정이 동반되는 일이다. 그것을 인생행로를 결정짓는 일에 사용해버리면 낭패이기 때문이다. 좋은 영향을 끼친다면 더없이 기쁜 일이지만, 행여 다양한 미래에 대한 여러 것들을 받아들이는 데 방해가 될지도 모르는 일이다.

때로는 어른들도 '사진은 언어와 같아서 멋지게 잘 찍는 일은 그 세계의 일부에 지나지 않고, 세상과의 관계에 대해 나의 말로 교감하는 것이다'는 식의 말 앞에 황망해하기도 한다. 그래도 내 강의를 듣는 대부분의 사진 애호가들은 이런 식의 접근 방식에 만족하는 듯하다. 이미 사진은 치열하게 찍고 멋지게 보여주는 것이란 인식이 견고히 자리 잡은 이들은 내 강의를 들으러 잘 오지 않기 때문으로 보인다. 사진이 말하는 세상에는 주인공도 조연도 따로 없다. 모든 사소한 것들끼리 관계를 맺고, 그 아무것도 아닌 것들이 만나는 순간순간이 엄중하다. 사람은 모든 것들을 존재 그 자체가 아니라 세상 만물과의 관계에서 본다. 사진 한 장을 오래 바라보면 그런 작은 관계들의 수많은 이야기들이 들리고 사진 속 모든 것들이 말을 걸어온다. 어른들에게 나는 이런 요지의 말을 하며 사진을 보여 준다. 젊은이들에게는 젊은이들의 언어로, 어른들에게는 어른의 언어로 사진을 이야기해야 한다.

유네스코UNESCO가 설립한 아시아 유일 교육기관인 아태교육원 APCEIU에서는 해마다 아시아 태평양 지역 나라에서 한국 사진가들과 함께 그곳의 학생들과 한국 학생들에게 사진을 가르치는 일을 한다. 일주일 내외의 수업과 촬영 실습 후 사진을 고르고 만들어 전시회까지 열어준다. 단기간에 그것을 할 수 있는 것은 아마도 한국 사진가들만이 가능한 일일 것이다. 학생들은 자기 사진들을 크게 뽑아 정식으로 전시회를 열어 어른들을 초대하고 보여주는 경험을 평생 잊지 못할 것이다. 일시적인 감정인지는 모르지만 그들은 이런 기회를 인생의 중요한 전환점으로 받아들이기도 한다.

러시아 상트페테르부르크 학생들의 도시적이고 세련된 감각과 달리 캄보디아 시엠립Siem Reap에서 만난 학생들은 얼핏 사진에 대한 지식(중요하진 않지만)이나 표현들이 순진할 것으로 생각했었다. 그러나 캄보디아 고등학생들이 자동카메라로 찍어온 사진들을 보며 적잖이 놀랐다. 몇몇 아이들의 사진에는 말할 수 없이 풍부하고 자유로운 이야기들이 가득 차 있었다. 사진은 오직 핸드폰으로만 찍어봤다는 이들도 있었지만, 그들이 보는 대로 찍은 사진들은 발랄하고 좋았다. 세상을 보는 눈이 다른 것은 그들이 다른 세상을 보고 자랐기 때문일까. 그런 사진들을 찍어내는 아이들에게 더 이상 말로 가르치는 일이 과연 잘하는 일일까 하는 두려움도 들었다. 그들에게 필요한 것은 사진이 어떻게 찍히고 나오는지보다, 그들이 찍은 사진이 왜 좋은지 내 느낌을 이야기해 주는 것이었다. 숙달과 노력이 예술에 미치는 영향이 중요하겠지만, 스스로가 알지 못하더라도 이미 타고난 감각을 교육으로 훼손하지 않고 자유롭게 놀고 찍게 해주는 일이 더 효과적일 것이다. 사진을 가르치는 것이 아니라 그들이 찍은 사진을 읽어주는 것으로 스스로의 이야기를 발견하게 해주는 일. 새로운 경험이었다. 시엠립에서의 마지막 날, 사진 전시장에서 내가 가르친 아이들은 나를 껴안고 좋아하고 헤어지는 것을 아쉬워했다. 그중 한 남자아이는 "당신처럼 훌륭한 사진가가 되고 싶다"고 말했다. 내가 도대체 무슨 짓을 한 걸까. 또 가슴이 철렁했다.

최근 몽골 울란바토르에서 열린 사진교실에 참가한 학생들 중에는 왜 그곳에 와 있는지 알 수 없을 정도로 산만하고 제멋대로인 학생들이 끼어 있었다. 그런 친구들의 존재감은 작은 게 아니어서 전체 교육 분위기를 수시로 망쳤다. 그런 게 교육 현장일 것이다. 마지막 강의 시간에 그동안 그들이 찍은 사진들 중 대표적인 것들을 보여주었다. 레게 파마를 한 두 학생이 내게 와서 "더 좋은 사진들이 있는데 왜 이런 것들을 골랐느냐"고 항의했다. 나는 그 사진을 고르게 된 관점과 이유에 대해 설명했지만, 그들은 납득하지 않았다. 항의는 강하지 않았지만 집요했다. 우리가 고르지 않은 그들의 사진은 아무리 자유로운 시각과 표현을 존중해도 선별되지 못할 것들이었지만 그들의 언어로 납득시키지 못했다. 그들의 사진을 골라 크게 프린트해서 전시하는 것이 행사의 마지막이었다. 어쨌든 우리가 고른 사진들을 걸었다. 그런데 '레게 파마' 중 한 명은 전시장에 걸린 자기 사진을 보고 덩실덩실 춤이라도 출 지경으로 좋아했다. 나머지 한 명은 끝까지 시큰둥했고, 헤어지는 자리에서도 "내 사진 어디 갔냐"며 이죽거렸다. 그런 모습은 지극히 현실적이고 생동감 있어서 교육이란 게 이런 것이구나 싶었다. 나는 더 이상 그를 설득하지 않았다. 그들이 찍은 모든 사진들을 메모리 카드에 담아 각각의 학생들에게 주었다. 자신의 사진들을 다시 보고 그들이 무언가 느끼면 그만이었다. 관심이 없다면 느끼지 않아도 될 일이다. 모든 학생들을 훌륭한 사진가로 만드는 것이 교육의 목적이 아니었고, 가르치는 사람의 관점을 이식하는 게 교육인 것도 아니기 때문이다.

울란바토르, 2017

진실의 신화와 알고리즘

　인공지능은 가까운 미래에 카메라로 찍지 않은 순간도 사진으로 만들어낼 것이다. 사진 비슷한 그래픽이 아니라, 상식적으로 사진이라 받아들여질 만한 정교한 시각정보의 집합체가 사진의 이름으로 만들어지고 배포될 것이다. 텍스트보다 훨씬 많은 양의 데이터가 필요하겠지만 기술은 이미 그 한계를 저만치 뛰어넘어 있다. 정보 처리 속도와 데이터 용량은 이미 충분하다. '구글 이미지'만 뒤져봐도 철철 넘치는 수십억 장(숫자를 추정하는 것은 또 얼마나 무의미한가) 사진들 중에 가장 적합한 장소와 상황들을 찾아 조합하고 실제 같은 장면을 만들어낼 것이다. 예를 들자면, 야구장에서는 모든 시야각에서 바라본 경기의 이미지들이 데이터로 축적되고 선수들의 얼굴과 몸들을 기계는 기억하고 있을 것이다. 경기의 상황과 장면의 디테일한 정보만 있으면 사진기자가 망원렌즈를 받치고 신경을 곤추세우고 카메라를 들여다보면서 찍은 사진보다 극적인 장면을 만들어낼 것이다. 대중은 기계가 만들어낸 멋진 장면들을 사실

여부와 관계없이 감탄하며 감상하게 될 것이다. 대부분의 뉴스가 손바닥 위 모바일 기기로 뿌려지는 시대에 사람들은 사진의 구체적 메시지와 완성도에는 신경도 쓰지 않게 되었다. 따라서 그런 만들어진 이미지들이 사진이 하는 딱 그만큼의 역할은 얼마든지 대신할 수 있을 것이다. 우리가 상상하지 못하던 일들이 현실의 자리를 꿰차는 데는 그리 오랜 세월이 필요하지 않은 세상이다. 남은 문제는 그것을 사실로 받아들일 것인가에 대해 사람이 결정하는 것이다. 결정보다 그것은 은연중에 대중의 습관 속에 자연스럽고 당연한 것으로 자리 잡게 될 것이다.

현장에 몸소 나가지 않는다는 것이 다를 뿐 결국 신뢰의 문제에 있어서도 인간의 우위를 장담할 수 없게 될 것이다. 사진은 역시 진실하다는 오래된 신화만 아니라면 사진은 진실을 말하는 것과 별 관계가 없게 되었다. 사진은 눈앞에 보이는 사실을 어떻게 보느냐에 대한 이야기에서 출발하지만, 더 이상 보이는 것조차 사진을 만들어 내는 데 중요하지 않게 될 것이다. 뉴스에서 사진이 소비되는 것만 봐도 알 수 있다. 이제 사람들은 휴대폰으로 인터넷이나 뉴스를 보면서 사진을 사실 증명의 요소로 보지 않는다. 대중의 눈길을 끌 수 있는 사진이면 장면과 사실의 연관관계는 그다지 중요하지 않게 돼버렸다. 팩트나 사진 그 자체 보다는 색깔이나 모양, 느낌 같은 것들이 사람들의 손가락 '터치'를 이끄는 데 더 유용하게 소비된다. 그것으로 사진의 역할은 끝난다. 사진이 가장 많이 소비되는 뉴스나 관심거리의 세계에 있어서는 그렇다. 정보 생산자(혹은 배포자)의 역할이 크지만 정보를 팔아 이득을 취하는 입장은 변하지 않을 것이고, 사람의 변별력은 이윤의 문제 앞에 한없이 나약하다.

사진을 하는 많은 사람들이 '사진이란 반드시 객관적이지도, 사실만을 기록하지도 않는다'는 사실을 잘 알고 있다. 사진으로 말하고자 하는 것들은 이미 사실과 비사실의 범위를 넘어선다. 사진은 너무나 많은 이야기를 담는다. 그러나 작법과 응용 방식이 아무리 다변해도 여전히 사진이라는 이름은 기계적 사실성에 대한 막연한 신뢰를 업고 통용된다. 사진은 거짓도 진실도 흉내 낼 수 있다. 거짓도 진실도, 날것의 말로 일상에서 유통되듯, 사진도 사실과 거짓을 모두 사진이란 이름으로 유통시킨다. 사실에 대한 막연한 신뢰는 사진가에게 어떤 책무를 지웠고, 사람들은 사진을 믿고 그것에 기댄다. 누구나 사진으로 자기가 목격한 바와 목적하는 바를 손쉽게 드러낼 수 있는 시대임에도, 사진가는 진실해야 한다는 믿음은 사라지지 않는다.

진실이라는 단어는 '끝내 밝혀진다' '반드시 승리한다'는 신화를 등에 업고 과용되어 왔다. 사진은 그러나 진실에 대해 그다지 할 말이 없는 분야가 되어간다. 때로는 저널리스트의 카메라가 자동차 블

랙박스보다 못한 증거로 대우받는다. 사실성에 대한 믿음도 인간이 만든 컴퓨터 로봇에 입력된 수많은 알고리즘(사전 설정된 작업 흐름의 원칙)에 의존하는 시대가 될지 모른다. 결국 인간이 설정하는 것이지만, 알고리즘은 정보량을 급속히 확충하고 인간보다 빨리 진화할 것이다. 사실에 대한 판단이나 표현으로 나타나는 사람의 행동 양식 또한 넓게 보면 컴퓨터의 알고리즘과 비슷하다. 명확한 구분이 존재하지 않고 개별적인 기준들의 차이와 내외의 요인에 따른 순간적인 변화 등 그 유동성의 여지가 많다는 것이 차이지만 기본적인 구조는 그렇다고 본다.

알파고가 이세돌을 이긴 것도 옛날이야기가 되어간다. 인공지능은 사람이 일일이 가르치지 않아도 스스로 학습하는 능력을 갖춤으로써 인간의 예상을 뛰어넘고 있다. 로봇 기자는 정확한 자료와 팩트, 그래픽까지 적절히 만들어 붙이는 고품질 기사들을 쏟아낸다. 사람들은 그것을 사람이 썼는지 로봇이 썼는지 잘 모른다. 이제 로봇은 인공지능이라는 이름을 넘어 지성의 흉내를 내고 있다. 사실은 물론 진실에 대한 말도 인간의 우위를 장담하기 어려워졌다. 이제 사실은 존재했던 것뿐 아니라 존재하지 않았던 것도 사실일 수 있다. 인간이 그것을 사실로 받아들일 것인지 아닌지만 결정한다면 가상과 사실의 경계는 순식간에 허물어지고, 사진도 더 이상 존재했던 순간에 대한 증명이 아니게 될 것이다. 사람이 어떻게 받아들일까를 결정한 뒤에는 사실도 진실도 사람의 머릿속에서 결정될 뿐인 단어가 될 가능성이 높다.

카메라도 유리 렌즈가 없는 시대가 곧 올 전망이다. 그리 되면 지금의 최신형 디지털 카메라도 '빈티지' 소리를 듣게 될 것이다. 사진의 광학적 원리가 부여해온 사실성의 문제도 곧 빈티지가 될 가능성이 크다.

서울, 2013

서울, 2010

<u>part 5</u>

타 인 의 눈

웃음

서울의 광화문 네거리 지하도를 걷다 보면 여러 국제 구호단체 같은 곳의 일을 하는 젊은이들이 어려운 사람들을 도와주기 위한 기부를 하라고 권한다. 나는 웃으면서 "기부하고 있어요"라고 대답한다. 드물긴 하지만, 순간 그들의 표정에 가벼운 불신의 순간이 스치기도 한다. 사람의 사진을 오래 찍고 사람의 얼굴을 관찰하는 일이 많아서인지 나는 사람의 표정을 살피고 읽는 일에 익숙하다. 사람의 표정과 기운에서 내면의 상태 혹은 변화가 보일 때가 있다. 사람끼리의 일이기 때문이다. 한 국제단체에서 푼돈이지만 매월 내 통장에서 알뜰하게 빼가고 있는 것이 사실이다. 그 돈은 내 통장 잔고의 절반 이상일 때도 있었고 그마저도 잔고가 모자라 출금되지 않았던 적도 있다. 나의 웃음이 신뢰의 화색을 띠지 못하는 것인지, 일반적으로 웃음이란 것이 거짓의 어색함을 모면하기 위한 순간적 방편으로 인식된 것인지 알 수 없다. 이럴 때 나는 괜히 웃었다는 생각을 한다. 나 스스로 사람들의 웃음에 대해 복잡한 생각을 갖고 있거나 내 웃음에 대한 자기검열의 강박관념을 지녔는지도 모르겠다. 그러나 웃음의 뒤가 항상 화기애애하기만 한 것은 아니다.

사진 찍는 게 일이니 "웃어주세요"라고 말해야 할 때가 있다. 말이 어려운 적은 없었지만, 느닷없이 웃어야 되는 상황에 적응하는 데 시간이 걸리는 이들이 적지 않았다. 순간적으로 만들어진 이유 없는 웃음은 피차 어색한 상황을 잠시 모면하기 위한 것 이상 아무것도 아닐 때가 많다. 모면의 순간은 대개 오래가지 못한다. 웃음을 사진 찍기 위해 웃음을 말로 요청하는 것은 언제나 어색하다. 많은 경우 후회한다. 그러나 대개의 경우 주인공에 대한 호감과 대중에 대한 긍정적 메시지를 이유로 웃음을 상징으로 삼아 얼굴에 앞세워야 했다. 웃음과 얼굴은 한곳에 있는 것이지만, 웃음으로 충분히 이야기되는 인물도 있었고, 웃음이 그 사람이 지닌 길고 긴 이야기의 대부분을 감추어버리는 경우도 많았다. 웃음은 또 개인적 특징을 감추고 일반적인 화색으로 읽혀버리기도 한다. 가식 없고 환한 웃음이야말로 사람들에게 긍정적 기운을 전해주고 그의 살아온 가치 혹은 이룬 일의 무게를 보여주는 좋은 형식이지만, 카메라 앞에서 웃는 일이 한없이 어색하고 스스로 가식이라 부담을 가질 성격의 소유자들도 많다. 이럴 경우 사진 찍히는 사람들을 자연스럽게 웃게 만들 수 있는 위트와 재주가 촬영자의 중요한 능력이다. 상대와 그 삶을 존중하고 그 세계를 이해할 수 있는 충분한 시간과 교감이 있다면 좋겠다. 그러나 대개의 경우 거두절미하고 카메라부터 들이대야 하는 것이 직업이 요구하는 사진의 일이었다. 카메라는 반드시 어떤 순간을 포착해야겠다는 공격적 자세로 보일 수밖에 없었다. 웃음의 복잡한 전후사정을 조금이나마 이해하는 나로서는 말로 웃음을 청하는 일이 여전히 미안하고 불편하다. 이유 없는 웃음이라는 절차에 회의와 의문이 들었다. 그렇다고 순간적으로나마 서로간의 벽을 허물기 위한 대화를 가식적 절차라 치부하고 말문을 닫고 본업에만 전념해버린다면 침묵과 격의의 늪은 점점 깊어지고 난감한 순간은 사진에 묻어날 것이다. 웃음을 청하기에 앞서 그래도 내가 먼저 웃고 말문을 열어야 된다. 종종 사전에 충분히 준비되지 못해서 나오는 무지한 질문이나 분위기에 전혀 맞지 않는 추임새로 바보 같은 상황을 초래한다. 찍는 사람이 바보가 되더라도 밝은 기운의 좋은 사진 한 장 나올 수 있다면 그 희생이 무의미하지는 않았을 것이다. 다른 사람 누구도 그 바보 같은 상황을 알 리는 없으니까.

나도 잘 웃는 사람들이 좋고, 그런 사람들이 크고 작은 성공에 이를 확률이 높다고 믿는다. 그러나 만들어진 웃음이나 만들어지다 만 웃음을 대하는 일은 피차 미안한 일이다. 다만 웃음도 많이 웃어본 사람들의 얼굴에 더 자연스럽게 녹아든다. 그 화색이 얼굴이 되고 인상이 되어 삶에 배어드는 근원적 웃음이 있다고 본다. 잘 살아온 사람이 반드시 잘 웃는 것은 아니다. 사람의 성격이 다양한 것처럼 웃거나 미소 짓는 일에 서투른 사람과 웃는 일에 잘 적응된 사람이 있다. 웃음 또한 많은 행위와 마찬가지로 그것이 삶의 얼굴이 되기도 하고 얼굴을 숨기는 가면이 되기도 하는 양면성을 지녔다. 웃음도 살아온 세월의 표식으로서 얼굴만큼 중요한 재산이다. 사람이 인격을 본의 아니게 드러내게 되는 것들은 여러 가지가 있다. 사람의 첫인상이 이후의 관계에 미치는 영향은 크지만, 처음 본 인상이 항상 그 사람의 본성과 일치하는 것은 아니다. 웃음을 웃음 그대로 내보이는 데 어색한 사람들이 반드시 심성이 순수하지 못해 그런 것은 아니다. 심성이 원만해도 웃음이 저절로 드러나지 않는 사람들도 많다. 살아온 길이 평탄치 않거나 맞서야 될 풍파가 가볍지 않았던 경우, 웃음에도 그 세월의 무게가 깔려 있다. 아무리 세월이 흘러도 천성의 흔적을 표정에서 완전히 지울 수 없다. 결국 얼굴과 마찬가지로 사람의 웃음에는 그 웃음에 이르기까지의 가지고 태어난 것들과 다양한 시절과 고뇌도 함께 포함된다. 여전히 사람의 표정과 얼굴은 사람의 일이라 사람의 능력으로 되기도 하고 안 되기도 하는 오묘한 별세계다. 사람의 얼굴에도 우주가 숨어 있지 않을 수 없다.

자본주의 사회에서 웃음은 이미 감출 것은 감추고 팔고 싶은 것만 팔 수 있는 숙련된 요령으로도 넘쳐난다. 연예인들을 포함해서 사진 찍히는 일에 대한 연습이 충분한 사람들 앞에서는 난감하지만 그래서 편한 경우도 많다. 이미 완성되고 숙련되어버린 웃음 앞에서 내 손 끝의 카메라 셔터는 컴퓨터 키보드 같아서 컨트롤(Ctrl)+C와 컨트롤+V를 누르는 것과 별반 다르지 않았다. 서로 잠시 웃고 가급적 빨리 헤어지는 것이 편하다. 이런 경우 찍는 사람과 찍히는 사람의 기운을 섞고 하는 것은 아주 많은 에너지를 필요로 하기 때문에 그 벽을 넘어갈 것인지 말 것인지를 먼저 결정해야 한다. 넘어가지 않아도 유통되는 사진의 질이 크게 다르지 않을 공산이 크지만, 사진가로서 사진을 찍는다는 것은 보이는 것을 주워 담는 일 너머에도 있다. 결국 웃음은 웃는 사람뿐 아니라 그 웃음을 바라보거나 타인의 웃음을 재료로 뭔가를 해야 하는 사람에 따라 다르게 드러나기도 한다. 사람은 사람의 거울이라는 이야기다. 오목거울과 볼록거울과 평면거울이 같은 반영을 비출 수는 없다. 완전한 것과 완전하지 못한 것들의 관계들은 한 줌 웃음에도 수없이 얽혀 있다.

서울, 2012

억울한 소피 마르소

카페에 단골손님과 함께 처음 온 남자가 여주인에게 "소피 마르소를 닮았다"고 했다. 당연히 소란이 났고, 일행으로부터 '그따위 안목'에 대해 성토 당했음은 물론이다. 처음 보는 여자에게 누구를 닮았다고 말하는 것은 조심해야 한다. 어떤 여자를 앞에 둔 술 마신 남자들은 아무리 친한 사이라도 종종 서로 적이 된다. 그런 말은 수작으로 치부되고 과장된 비난을 감수해야 한다. 남자는 그렇다 치고, 소피 마르소를 닮은 척한 적도 없는 여주인까지 야유를 받게 된다면 억울한 일이다. 야유한 남자들은 소피 마르소에 대한 불경에 분노했을까, 여주인을 주책없는 일행의 수작으로부터 보호하겠다고 그를 바보 취급했을까? 다른 사람들은 도무지 닮은 구석을 알 수 없어도 그 남자의 눈에는 분명히 소피 마르소를 닮아 보였을 테니 억울했을 것이다.

눈앞의 것을 보는 것만큼 사람을 확신에 빠지게 하는 것이 있을까. 기억과 합쳐진 눈앞의 장면도 마찬가지다. 사람이 기억하는 형상이나 말을 듣고 상상하는 어떤 장면들은 모두 제각각이다. 기억은 살아남기 위해서 구체성을 버리고 가장 단순하고 오래갈 만한 어느 부분만을 추출해서 저장한다. 특히 한 사람의 얼굴과 다른 누군가의 얼굴에서 발견하는 유사성은 단순한 듯해도 지극히 복합적이다. 그가 끄집어낸 연관성은 형태나 색깔뿐 아니라 이목구비의 배열이나 심지어 피부의 질감 같은 것들에서도 저마다의 생략된 특징만을 추출하기 때문이다. 그래서 야유를 당해도 스스로는 그 믿음을 버릴 수 없다. 사람은 보고 싶은 것만 보고 기억하고 싶은 것만 기억할 뿐 아니라, 보고 싶은 대로 보고 기억하고 싶은 대로 기억한다. 같은 것을 보는 모든 사람에게 그것이 같이 보인다는 오해 때문에 모든 분쟁과 비난이 싹튼다. 내 마음이 동하는 것은 애정이고 타인의 마음이 움직이면 흑심이 된다.

이미지는 언어로 단정할 수 없는 복잡하고 미묘한 세계다. 의식과 뇌는 컴퓨터 자판의 자음과 모음처럼 정해진 규칙으로 시각정보를 입력하거나 해석하지 않는다. 어쩌면 지극히 산만해 보일 수도 있는 관점과 과정으로 이해하고 기억한다. 형상 또한 기억 속에서는, 어렴풋하고 모호하기 때문에 대부분의 구체적 사실들은 생략되고 그 특징적인 것이나 차이로서 재구성된다. 눈앞의 것을 사진 찍는 일은 사진을 찍는 순간의 다양한 선택과 반응부터가 사실의 재

구성이다. 그래서 아무리 사실적인 재현을 통한 표현이라 하더라도 사진을 포함한 표현들은 모두 추상抽象이라 말할 수 있다. 세상을 보는 것뿐 아니라 타인에 의해 표현된 결과물(이를테면 사진이나 그림)을 보고 각자의 느낌을 갖는 것도 마찬가지다. 주변에서 일어나는 일들과 경험, 사람들의 이야기들이 생각 속에서 취사선택됨으로써 추상이 이루어진 뒤에 저마다의 내면적 반응은 각자의 해석으로 기억에 남는다. 완행열차를 타고 천천히 지나가며 바라보는 주변 풍경과 시속 400킬로미터로 달리는 고속열차 창가에서 보이는 바깥 세상은 많이 다르다. 천천히 지나가서 보이는 것들이 있는 것과 마찬가지로 빨리 지나가야 보이는 것들이 있다. 각자의 보폭으로 움직이는 세계에서 각자가 볼 수 있는 것들은 서로 다르다. 세계는 해석의 주체 즉 사람(심지어 동물까지)의 수만큼 다양하다. 방금 지나온 풍경이나 스쳐 본 사물이라 해도 그것에 대해 사람이 느끼고 기억하는 것들은 같을 수가 없다. 움직임에서 움직임만을 보는 이도 있고, 움직임에서도 정지된 긴 순간을 보는 이도 있다.

눈앞에서 벌어지는 하나의 광경을 본 백 명의 목격자는 백 가지 해석을 지닐 뿐 아니라 백 가지 기억을(그것도 명백하게 다를 수 있는) 지닌다. 지나가거나 눈앞에 존재하는 사물과 사람들을 기억하기 위해 추출하는 반응적 활동이 곧 추상이다. 상을 추출하는 것, 포착된 대상을 특징적 이미지로 기억하는 것을 추상이라 말한다. 소설 『어린 왕자』에서 어린 왕자는 모자 모양의 형상에서 코끼리를 삼킨 보아 뱀을 상상한다. 풍부한 상상력을 가지라는 교훈이 아니라 사람은 저마다의 지적 기반이나 감성적 특징으로 인해 사물을 달리 바라본다는 사실을 말한 것이다. 다른 것을 틀리다고 말할 수 없는 이유다. 보이는 것과 보이지 않는 것들 속에서 대상의 특징과 윤곽을 포착하고 선택하는 내면적 갈등이나 선택의 결과로서 사진도 추상이라 할 수 있다. 과거의 경험에서 기인하는 연상일 수도 있고, 때로는 자기만의 느낌일 수 있다. 자기만의 느낌은 보편적인 경험들과의 관계를 통해 관객에게 관객의 언어로 해독되기도 한다. 대상의 외형뿐 아니라 보이지 않는 대상의 이야기, 빛과 바람, 사물들이 만나고 헤어지는 극적인 순간들이 선택의 대상이다.

뻔하고 익숙한 현실 앞에서 남다른 것을 보거나 읽어내는 것은 특별한 감수성을 지녔기 때문이다. 의미는 때로 보이지 않는 곳에 존재한다. 일반적인 언어로 말할 수 없어도 존재하는 엄밀한 것들을 일깨우는 것이 이미지고 추상이다. 별것 아닌 것에서라도 각별한 연결고리를 찾는 것이 사유하고 느낄 수 있는 사람들의 특별한 재능이다. 사람의 얼굴을 보면서 그가 누군가를 닮았다고 느끼는 것(비록 타인들이 공감하지 않더라도)은 이미지를 해석하는 자기만의 방식에서 추상된 동질감을 이해하는 것이다.

보이지 않는 것은 존재하지 않는 것이 아니라 언어의 잣대에 속하지 않는 것으로, 저마다의 시점에서 발견할 수 있는 더 큰 세계가 분명 존재한다. 물리적으로 존재하지 않아도 상상의 눈으로 볼 수 있는 사물과 형태들이 교차하는 순간이 있다. 사람의 시선이 가는 방향과 길, 세상 작은 것들의 배열과 그것들이 교차하거나 예측되는 어떤 지점, 존재했다 사라진 시간과 사물의 흔적, 보이지 않아도 알 수는 있는 많은 것들의 존재와 부재, 대립과 대조를 통한 시각적 유머 등을 사진 프레임에 자기의 시각으로 포함하거나 제외시키는 것들이 모두 추상이다. 부재不在조차도 이미지로 담아낼 수 있는 형상이다.

감수성은 사물 그 자체가 아니라 사물들의 관계와 흐름을 통해서 뭔가를 발견하고 볼 줄 아는 안목, 아무것도 아닌 것에서 무언가를, 때로는 대단한 무언가를 볼 수 있는 능력이다. 개인은 늘 나약하고 허술한 존재로 생각되기 쉽지만, 누가 가르쳐주지 않아도 세상에 대한 깊은 사유로서 각자의 눈을 가질 수 있다. 고독한 개인만이 발견할 수 있는 사실들이 이 세상에는 충분히 존재한다. 나도 아는 그 여주인, 소피 마르소를 닮았다. 이목구비 다 비슷한 위치에 있고, 눈 크고 코 오똑하고 입술 도톰하니 소피 마르소다. 어디 소피 마르소뿐일까. 어느 동네건 이효리도 있고 수지도 있다. 보는 문제를 통념과 말만으로 따지자면 말 되는 일과 말도 안 되는 일들이 뒤엉켜 싸운다.

서울, 2008

우연과 인연의 거리

　세상의 모든 길은 지나간 시간과 다가오는 시간의 한가운데에 있다. 나의 시간과 그들의 시간은 각자의 지나온 시간과 지나갈 시간의 접점에서 만난다. 잠시 그곳에 함께 있게 된 그들과 나는 곧 다시 각자의 시간으로 건너가게 될 것이다. 시간의 접점은 길의 접점이기도 하다. 햇빛과 하늘과 나무와 바람은 길 위에 존재하는 것들이기도 하고, 길은 햇빛과 하늘과 나무와 바람의 총칭이기도 하다. 그리고 길 위에는 각자의 시간과 동반자의 시간이 원래 그랬던 것처럼 함께 가고 있다. 길은 원래 길이었으나 사람이 있어서 또한 길이다. 마음을 함께 잡고 길을 걷는 두 사람의 한 풍경은 저 멀리 언덕 너머로 무한정 계속될 듯이 보였다. 그렇게 내 눈길은 그들의 길과 원래의 길 사이를 오가며 길 위에 한참을 머물러 있었다. 사진을 한다면서도 나는 사진을 찍어야 할 순간에 타인과 나의 시간을 바라보고만 있다.

길을 나선 사람들만이 만날 수 있는 풍경과 타인의 세계는 서로 관계없이 지나가는 별개의 세계로 존재하지 않는다. 나는 길을 나설 때마다 만나는 모든 우연의 순간들이 나를 위해 준비된 것이 아닌가 하는 의심을 한다. 의심이라기보다는 매번 고마운 순간들에 놀라워한다. 세상에 가득한 우연의 시간들이 머나먼 과거에서 출발한 씨앗들이었고, 그들이 이 세상을 토양으로 발아하고 세월을 자양분으로 자라고 드디어 피어나는 개화의 순간이다. 그들은 나와 관계없이, 엄밀하게 말하자면 누구와도 관계없이, 혼자서 각각의 시간을 견뎌왔을 것이다. 나 또한 개별적으로 견뎌야 하는 시간의 정점에 와 있다. 지금까지 그랬듯이. 우연이 만들어내는 총체적 순간들은 이런 개인 혹은 사물들이 한 시간 한 장소에 함께 있는 것이다. 그런 것들은 아무것도 아니지만 달리 보면 우주적인 순간이다. 그런 것들이 정말 아무것도 아닌 사람들과 그런 것들이 무엇인가를 의미하는 순간들이라 생각하는 사람들은 각기 다른 순간에 존재하는 것과 마찬가지다. 그렇게 사람들은 두 가지다. 우연의 의미를 아는 사람과 우연을 그저 우연으로 알 뿐인 사람들. 눈앞의 우연만을 보고 사는 사람들은 스스로도 세상과의 모든 교류는 우연으로 지속할 뿐이다. 세상의 절반을 보지 못하는 것과 같다.

우연과 인연은 한 얼굴의 다른 표정 같은 것이다. 둘 사이의 거리는 한 뼘도 되지 않는 마음속 일이기도 하고, 내가 사는 세상과 평생 만날 일 없는 타인이 사는 세상 사이의 거리만큼 멀기도 하다. 놀랍지 않은가, 우연히도 수많은 우주의 존재들이 마치 지금을 위해 내 앞에 모여들었고 또한 저런 모습을 하고 있다는 사실이. 우연은 인연의 다른 이름이고 필연의 뒷모습이다. 인연이란 보이지 않는 끈도 놀랍지만, 늘 일어나는 총체적 우연과의 관계는 더욱 놀랍다. 놀랄 준비가 되어 있는 사람이라면 그런 극적인 우연을 인식하고 그 인식으로 뭔가 할 수 있을 것이다. 살아오고 길을 나서고 그곳에 있는 것들이 만나고 헤어지는 의미를 깨닫는 것처럼.

이런 완성된 우연의 순간에 카메라를 들고 사진을 찍는다는 것은 생각보다 대단한 일이다. 사진 한 장 찍는 것이 사실은 세상 만물과 생명들과의 인연을 담는 일이다.

사진으로 뭔가 하고 싶다는 열정과는 좀 다른 것이다. 열정이란 오로지 자기의 의지로서 한 가지 일에 몰두하고 노력하는 것이다. 그 노력은 자기가 하고 싶어 하는 것이나 되고 싶어 하는 자아를 위한 실현의 방식이기 때문에 늘 어떤 것에 대한 관심의 촉수를 올리고 있는 것이다. 열정은 그런 자세로서 훌륭하지만, 열정적 성향만으로 반드시 좋은 결과를 보장받을 수는 없다. 열정이 있다면 그것과 함께 우연으로 주어진 세상 앞에 반응할 수 있는 심성이나 혜안을 지녀야 한다. 선천적으로 타고나는 기본적인 심성과도 관계가 있지만, 사람이 품고 살아가는 오래된 가치나 세상 만물을 대하고 반응하는 자세와 더 깊은 관계가 있다. 다시 말해 세상 만물의 경이로 움을 알고 느끼는 것이다.

카메라를 들고 길 위에 서 있으면 우연의 얼굴로 우리에게 주어 지는 모든 것들이 사실은 우연이 아니라는 것을 느끼는 순간들이 있다. 우연을 대하는 자세에 따라 우연은 그 얼굴을 달리한다. 사진 한 장 찍어보면 알 수 있는 일이다. 불과 2-3초 후, 다음 순간에 어 떤 장면이 내 눈 앞에 펼쳐질지를 예견해 낸다는 것은 사진에 있어 서 절대적 시간을 알고 반응하는 것이다. 그것이 우연인가. 우연은 늘 예상하지 않은 가운데 찾아오는 것이지만, 그 모습들을 예측할 수 있거나 그것에 대해 뭔가 말할 준비가 되어 있는 이들에게 그것 들은 전적으로 우연이라 말할 수 없다. 다만 우연도 인연도 전혀 다 른 얼굴로 찾아오는 것은 아니다. 둘 다 우리가 예측하거나 계산하 지 않은 모습으로 나타나는 점에서는 유사하다. 계산되거나 의도되 지 않게 나타나는 세상의 다양한 흐름들이 한순간에 만나고 헤어지 는 것, 그게 사진을 가능하게 하는 표현의 열쇠다. 순간들에 대한 무 목적성이 기계적 사실성을 업고 표현되는 가장 큰 힘이기도 하다.

사진을 한다는 열정의 이름으로, 반드시 찍고 말겠다는 강한 의 지로 할 수 있는 일도 많겠지만, 종종 그 우연과 인연 사이 어디쯤 나를 놓아두고 마냥 시간을 바라보다 보면 조만간 다가올 어느 순간이 나에게 먼저 말을 걸어온다.

　중요한 것은 그 짧은 찰나를 위해 우리의 전 생애가, 우리의 전 우주
가 사용된다는 사실이다. 1초는 무한하고 고독하다.

_김연수, 『우리가 보낸 순간』, 마음산책

블라디보스토크, 2008

떠나는 이와 남는 이, 그곳에 함께 있는 모든 무심한 존재들이
함께 우연을 만들고 우연은 극적인 인연이 된다.

문맹과 관계

문맹은 인간을 현시점이라는 세계에 구속하고, 인간의 발달에 치명적인, 문화적으로 고립된 유폐 상태에 구속한다.

_루이스 멈퍼드, 『예술과 기술』, 텍스트

문맹은 글을 읽지 못한다는 것만을 의미하지 않는다. 직설이 아닌 표현과 상징의 진의를 듣고 보지 못하는 단절을 말하기도 한다. 글뿐 아니라 그림(사진)이나 소리(음악)처럼 말로 정형화할 수 없는 감각과 직관의 언어들을 받아들이거나 외연外延하는 것에 대해 무지한 것도 문맹이다. 누군가가 남긴 내면의 흔적과 세상에 대한 이야기들을 읽어내지 못하는 것은 시야 밖의 세상에 대해서는 아무것도 말하지도, 믿지도 못한다는 얘기다. 멋지거나 보고 듣기 좋다고 말하는 데서 그친다면, 세계 뒤로 숨겨진 사람의 흔적에 대해 사유할 수 없다면, 눈앞의 것만을 말할 수 있는 단어들로 세상과 대적하고 살아가야 한다는 것을 의미한다.

또 사진을 말하자면, 나의 사진을 찍고 보여주는 것만큼 중요한 것이 타인의 사진을 나의 감각으로 받아들이고 읽어내는 것이다. 각자의 천성과 경험과 기억으로 형성된 정서가 다르기 때문에 한 장의 사진이나 그림 앞에서도 느낌과 이야기는 제각각이다. 그러나 이미지를 해석하는 방식은 서로 달라도, 보편적으로 형성된 정서와 유사한 시대적 기억들이 있기 마련이다. 보편적인 것과 개인적인 것들은 서로 간섭하고 도우면서 우리 마음속에 의미 있는 형상을 만들어낸다. 아이들은 왜 우는가? 사람의 얼굴과 몸에는 어떻게 세월과 세상의 무게가 실리는가? 사람의 관계에 따라 다양하게 드러나는 행동의 종류는 어떤 것들인가… 하는, 우리가 살아오면서 관찰하고 느껴서 익히 알고 있는 세상의 익숙한 이미지들이 그럴 것이다. 뭐라 말할 수 없어도 사진 속 장면과 순간에 대한 놀라움, 나의 의식과 통하는 그 무엇들에 감탄하는 것에서 관객의 자세를 말할 수 있다. 그 놀라움은 때로 '왜'라는 물음의 형식이어도 좋다. '왜 이 사람은 이 순간에 저 자리에 저런 모습으로 나타났을까?'라는, 경이로운 순간에 대한 감탄과 의문이 이미지를 읽고 받아들이는 밑거름이 된다. 익숙한 것들의 새로운 얼굴과 새로운 것들의 익숙한 외형은 때로 누군가 발견해주기를 기다리는 세상의 비밀이다.

나는 사진을, 시간과 기억과 관계를 통해서 본다. 시간은 우주가 만들어진 그 순간부터 지금까지의 시간, 짧게는 사람이 태어나고 살아온 지금까지의 시간이다. 시간은 꾸준히 흐르면서 사라진 모든 것들을 현재로 연결시킨다. 그렇게 지금을 이야기한다. 사진 속 이야기들은 시간의 강 위에 떠 있는, 개별적이거나 공통적인 기억을 불러내 남의 기억과 나의 기억을 손잡게 한다. 그 순간, 시간과 기억과 세상의 존재들이 관계를 맺는다. 관계야말로 세상을 구성하고 지속시키는 전부다. 그것은 일반적 인간관계뿐 아니라 수많은 과거의 일들이 얽혀 만들어낸 크고 작은 관계, 때에 따라서는 보이지 않는 관계들까지 포함한다. 사진 한 장에 나타난 수많은 과거와 기억과 관계들을 읽어내고 거기에 감정이입하는 것이야말로 세상의 엄중하고 장구한 이야기를 듣는 것이다. 스쳐 지나는 사이, 우연히 눈길 한번 마주치는 사이, 바람 한 줄기 지나가는 사이에 그 관계들은 섬광을 발한다. 보이진 않아도 엄연히 존재하는, 시각적 관계들이다. 관계는 모든 존재들이 연결되고 말하기 시작하는, 모든 이야기의 근원이다. 눈앞의 세상과 마찬가지로 사진 한 장에도 그런 수많은 관계들이 나타나고 사라진다. 사진 속 정지된 한 순간은 영원히 멈춘 것이 아니다. 시간과 기억을 매개로 그 속에서 새로운 관계들이 탄생하고 이야기를 이어간다. 사진가의 눈에, 그리고 관객의 눈에, 존재하지만 보이지 않았던 관계들이 끊임없이 펼쳐진다.

글과 마찬가지로 사진을 읽는 데도, 최선의 방법 같은 게 따로 있는 것은 아니다. 받아들이고자 하는 의지와 애정이 있다면 어떠한 경로를 통해서도 사진가의 외연은 관객의 정서에 도달한다. 그 정도를 말할 수 있을 뿐이다. 내가 찍은 사진은 찍을 때의 상황과 화자로서의 내 느낌들이 구체적이므로 훨씬 더 쉽게 숨은 뜻을 말할 수 있다. 반면에 타인의 사진은 구체적으로 말해주지 않으므로, 화자가 제시하거나 제시하지 않은 그 무엇을 상상하고 발견하는 놀라움이 있다. 어느 경우든 이야기를 읽고자 하는 의지나 관심이 있어야 한다. 그것은 관용과 애정이기도 하다. 화자로부터 발현한 이야기를 수용하려는 마음의 준비가 있어야 한다는 뜻이다. 부정적인 마음의 상태로는 그 어떤 훌륭한 작품도 마음의 벽을 터주지 않는다. 기분 나쁠 준비만을 하고 기다리는 사람에게 어떤 웃긴 이야기도 통하지 않는다.

사람들의 말 중에는 말하지 않은 것을 통해 말해지는 것들이 있다. 사진도 그런 말처럼 직설적 외형을 감추고 숨겨버리기도 한다. 사진은 은폐하는 뒤로, 또 다른 말을 담고 있을 때가 대부분이다. 사진가와 관객은 그런 숨겨진 세상의 말들을 함께 상상하고, 이미지 속에 감추어진 상징을 언어로 바꾸어 호출함으로써 교류한다. 언어와 사유는 때로 별개이지만, 사유가 언어로 정리되지 않는다면 보이지 않는 것에 대해 무엇도 말하기 어려울 것이다.

캄보디아 시엠립, 2016

스쳐 지나는 사이, 우연히 눈길 한번 마주치는 사이,
바람 한 줄기 지나가는 사이에 그 관계들은 섬광을 발한다.

아침이라는 칭찬

"이거 직접 찍으신 거예요?"

사진가들이 사진을 앞에 두고 받는 질문들 중 아마도 가장 황당한 질문이지 싶다. 실제로 자주 받는 질문이다. '설마 네가 직접 찍었을까 싶을 정도로 멋지다'는 의미로 웃어넘길 만도 하지만, 그 뉘앙스에서 무지와 무성의가 넘쳐나는 경우는 표정 관리가 어렵다. 무지가 딱히 잘못이라 말할 수는 없지만, 무지는 관계를 파괴하고 타인에게 상처 주는 순간마저 스스로 알지 못한다. 그건 비극이다. 칭찬이라고 건네는, 그러나 그렇게 비극적인 질문을 여러 번 받았다. 가장 기억에 남는 순간은 내 사진 전시장에서였고, 그다음은 내가 선물한 내 사진집을 받아 든 사람으로부터였다. 사진은 물론 사람이나 관계에 대해 전혀 생각하지 않고 살아서 그럴 수 있었을 것이다. 그럴 필요가 없기 때문에 그렇게 살았던 것이겠지만.

사진을 찍을 줄 아는 사람들과 그렇지 못한 사람들로 나뉘던 시절이 있었다. 그때는 카메라에 필름을 넣고 적정한 노출을 맞추고 찍고자 하는 것에 초점을 맞추어 흔들리지 않게 사진을 찍는 것을 사진 찍을 줄 안다고 말했다. 현상소에 필름을 맡기고 '잘 나온 것 한 장씩'을 우선 뽑았을 때 대부분의 사진이 멀쩡하게 나오는 정도를 말하는 것이었다. 사진 기술이 발명된 이후 오랫동안 사진을 찍을 줄 알거나 모르는, 경계 이쪽과 저쪽의 사람들은 사이좋게 어울리고 섞여 살았다. 그 속에서 사진을 잘 찍는다는 것은 부러운 일이었고 칭찬의 대상이었다.

그런 시절에 "사진 잘 찍어서 좋으시겠어요"라는 부러움 섞인 칭찬은 진의를 알 수 없고, 깊이도 없는 말이지만, 그 순수함으로 인해 기분 좋게 받아넘길 만했다. 예술가를 포함해서 특정 전문분야에서 오래 일한 사람들도 사소한 칭찬에 기분이 좋아진다. 빈말이라도 기분 좋은 건 인지상정이고, 그런 영혼 없는 찬사도 가끔은 격려가 된다. 그러나 지금 사진가들에게 "사진 잘 찍어서 좋겠다"는 칭찬을 하는 사람은 거의 없다. 사진은 누구나 찍을 수 있고 말할 수 있는 일이 된 것이다. 나도 잘 찍을 수 있기 때문에 그 점에 대해서는 특별히 부러울 것이 없다는 생각이 평준화되었다고 볼 수 있다. 따라서 "사진 잘 찍었다"는 말은 선수들에게 더 이상 찬사가 아니다.

지금 누군가 "사진 잘 찍어서 좋겠다"는 말을 한다면, 그 속엔 칭찬이나 부러움보다는 약간의 조소와 시기가 포함되어 있을 가능성이 높다. 말이란 그 높낮이와 장단, 숨결 등 오만 가지 요소에 따라 미세하거나 크나큰 차이를 드러내는 법이지만, 말의 내용만으로도 말하는 사람의 성의와 태도는 물론 됨됨이까지 어느 정도는 짐작할 수 있다. 기본적으로 이런 투의 말은 사진을 '잘 찍는' 일이 사진 행위의 최정점에 있다고 생각한다는 화자의 한계를 적나라하게 드러낸다. 말하는 사람이나 듣는 사람이나 금방 잊어버릴 게 분명하다. 순수한 칭찬을 삐딱하게 받아들여 좋을 게 없다고 생각하겠지만, 이건 칭찬의 격에 대한 이야기다. 진짜 칭찬은 다른 방식으로 표현된다.

존경하는 선배 사진가의 어떤 전시회장에서 사진 좀 한다는 자의식을 가진 듯한 누군가가 "이거 좋은 사진이야"라고 말했다. 그는 오른손 검지와 중지의 손톱으로 액자를 번갈아 툭툭 튕기며 그렇게 이야기했다. 오만하고 섣불렀다. 이 말에는 자기가 좋고 나쁨에 대한 평가를 할 수 있는 권위를 갖고 있다는 자신감과 세상일들을 쉽게 단정하는 습관이 드러난다. 내 사진을 두고 한 말은 아니었지만 불쾌했다. "이거 쓰레기다"란 말에 그대로 적용해도 될 몸짓이었다. 스스로 전문가라고 생각한다면 말 한마디에 담기는 진심의 수위를 신경 써야 된다. 칭찬이라면 하는 사람의 지위보다 듣는 사람의 세계에서 생각해야 실수가 없다. 그것을 공감 능력이라고 부르기도 한다. 공감이야말로 예술의 기본 자격이자 출발지다.

사진이란 이름 뒤로 내 나름의 '세계'를 쌓아오다 보니 다소의 찬사를 들을 일이 있다. 어떤 말이라도 칭찬 그 자체를 기분 좋게 받아들이고 고마워할 일이지만, 그 언어의 격에 따라 기분 좋은 정도가 달라지는 것은 민감한 정서를 도구로 살아가는 예술가(감히!)로서 어쩔 수 없다. 최근 내가 기억하는 가장 기분 좋은 칭찬은 단어로만 보자면 아무것도 아닐 수 있는 말이었다. 이름 알려진 다큐멘터리 사진가의 전시장에 들러서 작품을 보고 그의 무려 5만 원 짜리 사진집을 사서 책에 서명을 청했다. 얼굴을 잘 아는 사이지만 아무래도 내 이름을 기억 못할 것 같아 명함을 한 장 건넸다. 많은 사진가들이 그렇듯이 내 명함 앞뒤에도 내가 찍은 사진 한 장씩 들어 있다. 그 중 한 장은 10여 년 전 아프리카 사막에서 찍은 아이들의 모습이다. 아버지가 피워준 모닥불 앞에 둘이 마주 쪼그려 앉아 이야기하고 있는 정다운 풍경이다. 이 유명 사진가는 내 명함의 사진을 보더니 한마디 했다. 진한 경상도 사투리 억양으로, "이야~ 아침이네"라고. 선수들끼리는 사진 좋다는 이야기를 쉽게 함부로 잘 하지 않는다. 어떤 구체적 느낌이나 감흥에 대해 말하는 것이 깊은 예의로 인식된다. 나는 그때 그 사진가의 아침이라는 감탄사를 그 어떤 칭찬보다 기쁘게 받아들였다. 아침의 장면이라는 뜻을 넘어서, 사진 그 자체가 아침이라는 감탄사가 될 수 있다는 느낌. 그가 말을 잘해서가 아니라 오래 사진을 하고 보아온 관록의 무게가 그 단어 하나에 가득 담겨 있었기 때문이다. 그 사진은 사하라의 아침이었다.

애매한 모든 말들의 경계에서 보면 사실은 이렇다. 칭찬을 준비하면 모든 지식과 말이 칭찬을 위해 동원되고, 조롱을 준비하면 모든 신체기관이 합심해서 조롱에 동원된다. 이와 반대로 발설된 말들을 칭찬으로 듣자 하면 칭찬으로 들릴 것이고 조롱으로 듣자 하면 조롱을 넘어 저주로 들릴 것이다. 좋게 받아들이고자 한다면 숨소리만 내도 반가울 것이고, 까칠하게 받아들이자면 어떤 단어의 성찬도 싸늘하게 느껴질 때가 있다. 세상 모든 일이 그렇지 않은가? 알아서 마음껏 칭찬하되 지식의 자랑보다 솔직한 관심을 담아 표현한다면 교감의 격도 높아질 것이다. 어쨌든 그날 전시장을 나서니 오후의 해가 넘어가고 있었지만, 좋아진 기분은 아침 갓 떠오른 햇살을 받는 듯 사람을 들뜨게 했다. 결코 그가 유명 사진가라서가 아니다.

"왜 저 남자는 하필 초록색 티셔츠를 입고 저 자리에 있었을까?"
굳이 답이 필요 없는 질문만으로도 놀라움과 감흥에 대해 말할 수 있다.

사진의 격, 사람의 격

　언론매체와 인터뷰하는 일이 일상인 유명인들을 제외하면 사진 기자에게 사진 찍히고 신문에 실리는 것은 오래 기억될 일일 것이다. 몇천 명일지 만 단위가 될지는 모르지만 헤아릴 수 없는 취재원, 즉 내게 사진 찍힌 분들 중 일부는 내가 찍은 사진 한 장 간직하는 소박한 기쁨을 청하기도 했다. 소박한 요청을 야박하게 저작권 원칙 운운하며 거절할 일은 아니어서 어지간하면 기념하기 좋을 만한 사진을 한두 장 골라서 보내기도 했다. 그러나 종종 선의가 나의 함정이 된다. 결과적으로 사진이 공짜 취급받게 된 데 나도 일조했다. 사람을 만나고 사진 찍고 보여주는 일도 하나의 접객업이라 생각했기 때문에 그리 했다. 직업으로서 나의 세계를 지키는 일과 상대를 존중하는 성의의 경계가 나에게는 늘 어중간했다.

　오랫동안 사람을 만나고 사진을 찍다 보니 사진 찍히는 잠깐의 태도만 봐도 그 사람의 살아온 과정이나 인품을 짐작할 수 있다. 사진가의 얼굴을 가린 카메라는, 상대방으로 하여금 사진 찍는 이를 또 한 명의 사람으로 인식하지 못하게 하는 경우가 많다. 상대방은 그때 방심한다. 방심은 인격을 드러낸다. 사진 찍는 과정에서 파악되는 인격은 사진을 요청하는 자세와 거의 일치한다. 사람 사진을 오래 찍으니 공부하지 않아도 관상을 보게 되었다. 사진은 당사자에게 각별한 의미로 기념된다. 그것은 '그때 내 모습이 어땠나, 어떤 사연으로 신문에 사진 찍혀 나왔는가'라는 의미에서 그에게 기념이다. 특정 시간과 공간을 기록한 사진과 글은 기록자의 시각에서도 한 사람에 대한 총체적 기념이다. 쉽게 알아볼 수는 없지만, 오만하거나 이기적인 사람은 사진에도 그런 성향이 나타나는 경우가 많다. 사진은 기능적으로 셔터를 눌러 모습을 베끼는 것이 아니라 사진가의 눈과 마음을 거쳐 재현을 시도하는 매체이기 때문에 교감에 실패하거나 불편한 관계가 조성되면 어쩔 수 없이 사진 어느 구석에서라도 불온한 분위기가 드러난다. 이런 경우 나중에 사진을 달라는 이야기 듣는 것조차 불편하다. 그래도 나는 보낼 만한 분에게는 보내려고 노력한다. 삶의 의미 있는 순간에 있는 사람들을 만나 이야기를 듣고, 그에 대한 생각을 사진이란 언어로 표현하는 것은 그 자체로 남다른 기쁨이었기 때문이다. 나에게 기쁨을 준 분이니, 나도 그에게 웬만하면 사진을 준다.

사진을 보내고 난 뒤의 반응도 대부분 만난 순간의 인상과 비슷하다. 진심으로 기뻐하고 고마워하는 이들도 많지만, 애초에 어색하고 내키지 않았던 분위기였다면 사진을 보낸 뒤에도 그대로다. 사진을 더 보내 달라거나 심한 경우 그날 찍은 사진을 모두 보내줄 수 있느냐는 요청을 받은 적도 있다. 그런 전화는 대개 아랫사람을 시켜서 한다. 잘 받았다는 말 한마디가 없을 때도 있다. 사진은 그의 인생에서 수집하거나 과시하는 수단일 뿐, 교감을 통해 만들어진 창의의 결과가 아니기 때문이다. 사진에서 가장 중요한 것은 얼마나 멋지게 찍혔나가 아니라 찍고 찍히는 그 순간의 '관계'가 되길 원한다면 무리한 기대일까.

인생에 좋고 미래에 좋다는 가르침을 담은 책들이 쏟아져 나온 적이 있다. 그런 인생의 보약 같은 책에는 의외로 많은 사진과 그림이 들어가 있다. 멋진 풍경사진이나 아련하게 감성을 건드리는 이미지 사진들이 다양하게 쓰인다. 심한 경우 책의 거의 절반 가까운 분량을 사진이 차지하기도 한다. 그중 내가 좋아하는 어느 시인의 책을 포함해서 일부는 사진을 찍은 작가의 이름은커녕 출처조차 밝혀놓지 않았다. 아마도 출판사에서 사진 판매 회사에 몇만 원씩 주고 구입했거나 수십만 원짜리 묶음으로 구입했을 것이다. 여기서 사진은 책의 형식으로 포장하는 과정에 유용한 액세서리일 뿐이다. 그래서 그들은 아깝지만 돈을 내고 사진을 샀을 것이다. 훌륭한 책이 적잖은 부분 이름 모를 사진가와 화가들에게 신세 지고 나온다.

책이 팔리는 데 도움이 될 것이고, 독자들의 호흡과 감정 조절에 기여했을 것이다. 그게 책의 격과 책에 대한 신뢰를 떨어트린다고 나는 생각한다. 하지만 그것이 그들에게 무슨 상관인가. 사진이 영리의 중요한 부분을 차지하는 이들을 포함해 많은 사람들이 "사진 한 장이 백 마디 말보다 큰 힘을 지닌다"고 만면에 미소를 띠며 말한다. 사진하는 사람은 그 말의 진의를 바로 안다. 그렇게 말하는 많은 경우 사진의 본질인 표현의 가치나 순간의 관계 따위에 대해서는 인식하지 못한다. 그들을 탓할 수는 없지만, 사진은 대중에게 여전히 순간의 기념이고 자기 위상의 증명에 지나지 않는다. 잠시 보여지는 것으로 소비되고 뇌리에서 사라질 뿐이다.

몇 년 전 친한 일본 기자의 지인이 출판하는 소설책 표지에 쓸 사진을 부탁받았다. 한국 화가의 달동네 그림이 아주 좋아 표지에 쓰고 싶은데 대작인 그 그림을 촬영해줄 수 있느냐는 것이었다. 흔쾌히 부탁을 들어주었다. 평소에 잘 쓰지 않던 별도 조명까지 설치해가며 찍은 사진을 그들은 과분하리만치 좋아하고 고마워했다. 그리고 훌륭한 저녁식사와 함께 원고료도 주었다. 화가에게는 더 많은 원고료가 갔을 것이다. 그리고 2년 쯤 뒤 일본에서 연락이 왔다. 판형을 줄여 개정판을 내게 되었으니 또 원고료를 보내겠다고 했다. 책에는 화가의 이름은 물론 촬영자의 이름도 들어가 있다. 돈의 액수가 문제가 아니라 이런 정성과 풍토가 어찌 고맙고 기쁘지 않겠는가. 사람이건 사람이 만든 물건이건 그 격格은 사람이 스스로 결정한다.

지금은 회사에서 월급을 받지 않는 개인 사진가로 살면서 내 사진을 필요로 하는 사람들의 사진을 드물게 찍는다. 사진가로서의 보람과 실망의 비율은 많이 달라지지 않았다. 어쩌면 그럴듯하게 찍힌 사진을 필요로 하는 사람들이 가진 관계에 대한 성의(다시 말해 인품)나 타인의 창작물에 대한 인식의 정도가 그 정도일 것이다. 호구糊口의 문제가 아니라면, 그들의 요구를 들어주고 싶지 않을 때도 많다.

서울, 2011

우울과 회의가 할 수 있는 것들

우울증 환자들은 세상을 너무도 명료하게 보기 때문에 맹목성이라는
선택적 이점을 상실하고 만다.

_앤드루 솔로몬, 『한낮의 우울』, 민음사

우울이 병이라는 것은 우울을 병으로 앓아본 사람들만이 실감
하는 일이다. 우울은 때로는 기분의 말로, 상태의 말로, 그리고 증상
의 말로 불린다. 회의가 쌓여서 우울이 되는지도 모르겠다. 우울과
회의는 대부분 깨어 있는 시간 동안 사람의 눈과 세상 사이에 반투
명 장막으로 드리워져 시야를 좁고 흐리게 한다. 나는 뇌물질의 작
용이나 환경의 병리적 연관관계를 알지 못한다. 오로지 경험과 내인
에 기초해서 분석하자면, 천성과 사회조직과의 부조화를 자책과 분
노만으로 씹어 삼키는 일이 만성이 된 탓이 아닌가 할 뿐이다. 병인
지 아닌지는 내가 말할 일이 아니지만, 어느 때부턴가 나의 정신도
그렇게 젖어 있음을 느꼈다.

우울은 회의를 낳았고, 우울과 회의는 나를 포함한 현실의 풍경을 유체이탈 상태에서 바라볼 수 있는 제3의 눈을 갖게 했다. 둘은 닮은 듯 달랐다. 새털구름이 떠 있는 파란 하늘의 아름다운 풍경을 보고 사진을 찍는다면, 확신의 눈을 가진 건강한 사람은 하늘만을 바라보고 그 아름다움만을 취하려 하기 쉽다. 확신하지 못하고 우울한 사람은 좀더 넓은 눈으로 어두운 그늘을 함께 바라볼 것이다. 확신의 눈들이 어둠을 빛에 종속된 하나의 요소로만 바라보는 것과 달리 우울은 어둠도 하나의 존재로 직시할 수 있도록 해준다.

내가 우울할 겨를도 없는, 우울이란 말조차 꺼낼 수 없는 직업으로 살면서 우울을 견딜 수 있었던 것은 우울의 힘으로 세상 모든 광기를 직시하는 것이었다. 세상에 못할 일 없는 세상사에 능한 사람들이 쏟아내는 허무맹랑하고 위험천만한 광기의 계획들은 너무도 생생히 보이고 만져진다. 허위와 욕망을 숨기기 위한 가면 뒤의 얼굴을 너무도 적나라하게 볼 수 있다. 확신으로 가득 찬 이들은 스스로가 타인에게 보이는 객관적 인간상에 대해서만큼은 무지하다.

우울과 회의가 늘 부정적 결과만을 초래하지는 않는다. 놀랍게도 우울과 회의는 크고 작은 사회적 관계를 망가뜨리거나 일을 그르칠 수 있는 상황에서 견제하고 방어해주는 작용을 한다. 내 경험으로는 그랬다. 우울을 알 필요가 없는 사람들, 즉 제도권 사회의 주어진 일을 하고 자기를 내세우고 사는 데 전혀 지장이 없는 인성을 갖춘 사람들에 비해 우울한 사람들은 그 주저하는 시간들이 가져다 준 사유와 반추의 진중한 선물이 있다. 우울은 회의와 손잡고 버티는 시간 동안 개인들에게 고유한 세상의 시선을 가질 수 있게 했다. 회의한다는 것은 사태를 한 걸음 물러나 객관적으로 바라볼 수 있게 해주는 다행스러운 측면이 있다. 이것이 과연 옳은 일인가, 이것이 답인가 하는 의문은 상시로 존재한다. 회의는 회의하는 당사자에게는 힘든 일이지만 가까운 누군가 확신의 광기에 싸여 사태를 직시하지 못하고 결과적으로 주변 모두에게 해악을 끼치는 상황을 제어할 수는 있다. 물론 아무리 무기력해도 눌러놓았던 말 한 마디 할 힘이 남았을 경우에나 가능한 일이긴 하다. 그마저도 없을 때는 오래 걸리기는 하지만 방관으로 광기의 말로를 기다리고 지켜보는 방법이 있다.

우울은 남들보다 뒤처져 가는 편이 낫다고 생각하거나 그럴 수밖에 없는 것이고, 회의는 남들과 비슷하게 가지만 옆에 있는 사람들의 행태가 너무 선명해서 받아들이기 버거운 것이다. 뒤처질 수밖에 없거나 받아들이기 버거워서 자기만의 보폭으로 움직일 수밖에 없는 것이다. 따라서 광기와 진격의 열풍에 휩싸일 가능성도 적다는 뜻이다. 세상 대부분의 일들이 과하지 않으면 순작용도 있다. 우울과 회의는 몸보다 생각 속에서 대면하는 세상의 넓이가 더 넓다는 의미이기도 하다. 카메라를 들기 전에 망설이고 뒤를 돌아보고 하는 것은 사진적 기회를 놓칠 가능성이 높지만, 다른 모든 사람들이 찍어도 되거나 찍어도 의미 없는 순간들을 무시하는 것이기도 하다. 약간의 차분하고 쓸쓸한 기분으로는 나만 찍을 수 있는 사소한 교차의 순간을 볼 수도 있다. 얼굴이 몸이 되고, 몸이 얼굴을 닮아가는 사람들의 뒷모습처럼 사진에서 사진가의 얼굴이 보이는 순간이 있다면 그런 경우일 것이다. 극도의 우울과 회의가 간혹 걸작을 낳기도 했다고 들었지만 그건 극한의 일이라 말하기 안타깝다. 거기까지는 우울을 빌려 함부로 말하지 않겠다.

우울과 슬픔의 실체를 겪어서 아는 사람들은 타인에게 다가갈 때 그 대상의 관점으로도 다가간다. 반대의 경우에는 자기의 직관이 확신의 엔진을 타고 돌격한다. 명징한 목표의식과 정돈된 관점은 시야를 좁게 만든다. 우울은 또한 아래를 볼 수 있게 해준다. 때로는 그곳에 보지 못하는 더 많은 이야기가 있다. 공허한 마음과 함께 널찍한 여백의 부재성은 관객을 그 속에서 마음껏 움직일 수 있게 만들어주기도 한다. 우울한 사람들은 대부분 겸손하다. 우울해서 겸손하다기보다는 회의적 실재들 앞에서 묵언의 항변으로 겸손을 택한 것이다. 어쨌거나 나는 겸손하다는 얘기를 종종 들어왔다.

서울, 2013

우울은 어둠도 하나의 존재로 직시할 수 있도록 해준다.
세상 모든 사소한 것들까지 어루만지고 바라볼 수 있도록 해준다.